AF329119

RAISON ET FOI

PAR

LE R. P. ÉLIE MÉRIC

PRÊTRE DE L'ORATOIRE

PROFESSEUR DE THÉOLOGIE DOGMATIQUE A LA SORBONNE.

PARIS

IMPRIMERIE JULES BONAVENTURE

QUAI DES GRANDS-AUGUSTINS, 55

1869

Extrait de *L'Avenir catholique*.

RAISON ET FOI.

I

Ce n'est pas un des spectacles les moins instructifs et les moins intéressants de ce siècle que l'éclat dont les dogmes chrétiens sont encore entourés et les ardentes discussions dont ils sont l'objet. Ce ne sont pas seulement les glorieux vétérans de nos luttes politiques qui demandent à ces grandes vérités l'explication de nos luttes sociales, le remède aux inquiétudes si douloureuses qu'elles provoquent et l'objet de nos immortelles espérances. Les hommes qui pensent—à quelque religion qu'ils appartiennent, — les discutent eux aussi, ou pour les défendre ou pour les combattre, avec une ardeur qui défie l'indifférence et atteste leur grandeur.

Voyez l'attitude des savants adversaires de la vérité catholique. Si les géologues explorent les couches de ce globe, c'est dans l'espérance d'opposer la science aux affirmations de la Genèse. Les physiologistes étudient la vie dans le corps pour en écarter l'âme, en expliquant la pensée et la volonté par des mouvements nerveux et des affections cérébrales. Si les historiens ressuscitent le passé et en évoquent les grandes figures, c'est pour accuser l'Eglise d'avoir été complice des despotes et d'avoir reçu en échange de sa complicité coupable une prépondérance éphémère et caduque. Avec eux les philosophes séparés sortent de la sphère profane des sciences naturelles ; ils entrent dans le sanctuaire de la théologie, s'attaquent à nos dogmes qu'ils déclarent être en contradiction avec les facultés humaines et les attributs divins. La conclusion générale de cette conspiration de toutes les sciences, c'est que l'Eglise catholique est vaincue sur toute la ligne, et que les dogmes chrétiens sont de poétiques symboles, sans réalité, conçus par le génie spéculatif des métaphysiciens.

Trop souvent le dogme catholique est défiguré par ceux qui l'attaquent. Assez peu habitués à la langue théologique et absolument étrangers à sa méthode scientifique, ils confondent le dogme avec les opinions singulières de quelques théologiens à la tête ardente, à l'humeur belliqueuse et violente. Ils prétendent faire tomber sur l'Eglise les coups dont ils frappent une doctrine sans autorité, un système ou une théorie sans approbation. A la faveur de ces malentendus, l'erreur se propage, et l'Eglise, innocente de ces affirmations exagérées, perd néanmoins de son prestige et de son autorité.

En voici un exemple frappant. Dans un ouvrage que tous les chrétiens ont lu et admiré — non sans quelques réserves — M. Guizot humilie la raison pour exalter la foi. Il constate, par le témoignage de la conscience, que toute âme est tourmentée et cherche la solution de certains grands problèmes qui s'imposent à elle en naissant. Mais la raison est impuissante à les résoudre : il faut recourir à la foi. Ainsi l'existence du mal est un fait inexplicable sans le dogme du péché originel qui explique aussi l'Incarnation et la Rédemption. M. Janet, cet esprit si vigoureux et si net qui s'arrête au seuil de l'Eglise, proteste contre ces affirmations de M. Guizot. Il défend les droits de la raison au nom de la philosophie : et, quand il croit avoir repoussé les attaques de son adversaire, il le poursuit à son tour : il confond l'exposition catholique et l'exposition protestante de la chute originelle, et espère faire tomber ce dogme sous les coups d'une dialectique qui n'est pas sans habileté. Telles sont les deux parties d'un remarquable article que

M. Janet vient de publier. On pourrait lui donner pour épigraphe ces paroles qui le terminent et résument la pensée de l'auteur :

« Les dogmes et les cérémonies de la théologie chrétienne ne sont pour nous que de grands symboles, dont la valeur est précisément dans les vérités métaphysiques que ces cérémonies expriment et que ces dogmes recouvrent (1). »

Discutons ces assertions.

II

La première partie de l'argumentation de M. Janet est très-solide : on ne la réfutera pas.

C'est seulement ou par la foi ou par la raison que l'esprit humain peut connaître la vérité. M. Guizot ne croit pas à l'infaillibilité de l'Eglise : il n'a donc pas le bénéfice de la foi. Il déclare la raison impuissante à nous donner la solution des problèmes qui s'imposent à nous : il n'a donc pas le bénéfice de la raison. Mais privé de la raison et de la foi la carrière du scepticisme est ouverte et l'homme est dans l'impuissance absolue de ne pas s'y précipiter.

M. Guizot croit, sans doute, à la divi-

(1) *Revue des Deux Mondes*, 15 mai. *Philosophie et Religion*, par M. Janet.

nité de Jésus-Christ et à la révélation. Nous ne le contestons pas. Il choisit dans la révélation et les Saints Livres les dogmes qu'il veut défendre; il écarte ceux qui lui déplaisent. C'est ainsi qu'il s'abstient de parler de la Trinité, de la pénitence et de l'Eucharistie, et qu'il prend sous sa protection l'Incarnation et la Rédemption. Or, il ne peut faire un tel choix sans recourir à la raison ; mais si la raison est frappée d'impuissance quand elle cherche la solution des grands problèmes de l'ordre moral, quelle réponse lui donnera-t-elle ? Ici encore nous sommes en face du scepticisme. M. Janet a très-bien dit : « C'est « au nom de sa raison que M. Guizot « appelle Dieu à son propre tribunal; il « juge en dernier ressort de la Parole « sainte. Or, une telle foi est une philo- « sophie, elle n'est pas une religion. »

Quand M. Guizot humilie la raison par l'argument des contradictions qui règnent entre les philosophes, il répète les objections si souvent renouvelées des traditionalistes modernes. On sait avec quelle dialectique pressante et quelle persévérance infatigable les philosophes et les théologiens catholiques ont défendu les droits de la raison contre l'école de Lamennais ! C'est un fait qu'il est bon de rappeler aux philosophes dont l'indépendance exagérée s'effraie des prétendus abaissements de l'esprit catholique sous le joug de la foi.

Mais quand M. Janet accuse son illustre adversaire d'être positiviste et disciple de M. Comte, il ne fait qu'user envers l'éminent historien de cet argument *ad vertiginem* contre lequel on a bien le droit de s'élever.

Il y a trois classes de vérités. Les premières ont pour objet les êtres sensibles que nous connaissons par les sens ; les secondes, les vérités supra-sensibles connues par la raison ; les troisièmes, les vérités surnaturelles connues par la foi à la révélation.

J'avoue que M. Guizot ne sépare pas avec assez de précision et de netteté les vérités surnaturelles des vérités supra-sensibles. Il semble les confondre et les donner sans distinction pour le but de la foi. Le vague qui enveloppe ses affirmations et les tâtonnements de sa thèse à cet endroit expliquent le dur reproche de positivisme que M. Janet n'hésite pas à lui infliger.

Cependant M. Guizot reconnaît que les vérités surnaturelles sont l'objet de la foi : « L'objet des croyances religieuses, dit l'éminent historien, est, dans une certaine et large mesure, inaccessible à la science humaine. Elle peut en constater la réalité ; elle peut arriver jusqu'à la limite de ce monde mystérieux, et s'assurer que là sont des faits auxquels se rattache la destinée de l'homme ; mais il ne lui est pas donné d'atteindre ces faits mêmes pour les soumettre à son examen (1). »

Quant aux vérités supra-sensibles, l'esprit peut en constater l'existence, il est vrai; mais son regard ne peut pas pénétrer plus loin : « Je ne désarme pas l'école spiritualiste dans ses efforts pour prouver l'existence d'un ordre invisible. Cette noble école *poursuit et saisit l'existence du monde invisible* ; ce qu'elle ne peut atteindre. bien que ce soit son honneur de le poursuivre, c'est la science de l'ordre invisible (2). »

Ne parlons pas des vérités sensibles qui ont pour objet ce qui est relatif et contingent. Rationalistes, positivistes, chrétiens, tous les philosophes tombent d'accord et reconnaissent à l'esprit humain la faculté de les saisir.

Qu'un théologien reproche à M. Guizot de confondre les facultés naturelles de l'homme avec la foi, et les vérités surnaturelles avec les vérités supra-sensibles, son reproche sera fondé. Mais, nous restons sur le terrain philosophique et nous ne voyons pas de parenté entre M. Guizot et l'école positiviste.

M. Janet emprunte à M. Littré la définition du positivisme : je l'accepte aussi. « Ceux qui croiraient que la phi-

(1) Quatrième méd.: *Les limites de la science,* p. 133.
(2) *Rev. des Deux Mondes,* tom. 81, p. 348.

losophie positive nie ou affirme quoi que ce soit là-dessus (l'origine et la fin des êtres) se tromperaient : elle ne nie rien, elle n'affirme rien ; car nier ou affirmer ce serait déclarer que l'on a une connaissance quelconque de l'origine des êtres et de leur fin. Ce qu'il y a d'établi présentement, c'est que les deux bouts des choses nous sont inaccessibles et que le milieu seul, ce que l'on appelle en style d'école le *relatif*, nous appartient (1). »

On voit l'abîme qui sépare M. Guizot de M. Littré. L'un reconnaît que l'esprit humain « *peut saisir l'existence du monde invisible*, » l'autre déclare que nous « *n'avons pas une connaissance quelconque de l'origine des êtres et de leur fin*, » c'est-à-dire du monde invisible. Selon M. Guizot, nous pouvons saisir l'existence mais nous ne pouvons pas atteindre « *la science du monde invisible*, » c'est-à-dire sa nature intime et ses lois. Selon M. Littré, ce n'est pas seulement cette connaissance de la vie intime et de la nature du monde invisible qui échappe aux efforts de notre intelligence, c'est le fait de son existence : car « ceux qui croiraient que la philosophie positive nie ou affirme quoi que ce soit là-dessus se tromperaient. »

Sans doute M. Guizot et M. Littré s'ac-

<hr>

(1) Littré, *Parol. de Phil. positiv.*, p. 52.

cordent à reconnaître que l'immensité
du monde invisible nous est inaccessible. Mais M. Guizot en affirme l'existence et M. Littré se tait. Il ne nie rien,
il n'affirme rien.

Voilà une différence radicale entre
les deux systèmes. En voici une plus radicale encore.

On est spiritualiste quand on affirme
que l'âme est le sujet de la sensibilité,
de l'intelligence et de l'activité.

On est matérialiste quand on affirme
que le corps est le principe et le sujet de
ces attributs.

Puisque M. Janet choisit M. Littré
comme l'interprète le plus fidèle du positivisme, il nous permettra de le citer.

M. Littré définit l'esprit « une pro-
priété de la substance nerveuse, comme
la gravitation l'est de toute particule
matérielle (1). »

C'est bien M. Littré qui définit la raison ou jugement « la fonction par la-
« quelle les cellules cérébrales ayant
« élaboré les impressions en idées, les
« combinent suivant des rapports qu'on
« nomme logiques et qui sont l'expres-
« sion fonctionnelle des propriétés des
« cellules (2). »

C'est bien encore M. Littré qui définit
la volonté de l'animal « une volonté

(1) *Philos. positiv. — De la méthod. psych.*,
p. 353.
(2) *Du libre arbitre*, p. 251.

humaine réduite et simplifiée où dispa-
raît l'illusion du libre arbitre (1). »

Et si la philosophie positive affirme
que le corps est le sujet de la pensée,
de la sensibilité et de la volonté, n'a-
vons-nous pas raison de déclarer qu'elle
est matérialiste, et M. Guizot n'est-il pas
dans la justice et la vérité quand il écrit
ces paroles qui le séparent des positivistes : « Au delà du monde fini, l'école
positiviste nie qu'il y ait quelque chose.
Ce n'est pas seulement la science, c'est
la réalité au delà du monde fini qu'elle
conteste ; selon elle, ce n'est pas l'in-
connu qui est au delà de cette limite,
c'est le néant. »

L'étude de l'idée de Dieu dans l'école
positiviste nous fournirait les mêmes
arguments et les mêmes conclusions:
c'est l'athéisme et le matérialisme qui
découlent logiquement et directement
des principes positivistes. Aussi, je me
garderai bien d'accuser d'inconséquence
les athées et les matérialistes qui pro-
fessent hardiment ces erreurs au nom
du positivisme, et jamais je ne confon-
drai les thèses de M. Guizot avec leur
doctrine si timide dans ses principes et
si radicale dans ses conclusions.

Qu'est-ce, en effet, que le positivisme?
C'est une doctrine qui a pour objet l'é-
tude et l'analyse des faits. Mais les voli-

(1) *Du libre arbitre*, p. 247.

tions et les pensées sont-elles des faits?
Oui, si elles existent et si nous constatons leur existence. Or, le positivisme
accepte ces faits et ne conteste pas leur
existence. Les nier, on ne le peut pas
sans contradiction : car la négation est
l'exercice même de la pensée. Il faut
donc admettre leur existence et les expliquer. Mais, si le principe du positivisme est la négation de l'invisible, de
l'intangible, il faut recourir nécessairement au matérialisme pour expliquer
la pensée et la définir une modification
du corps, un mouvement des nerfs et
du cerveau.

En deux mots, les positivistes reconnaissent le fait de la volition et de la
pensée. On peut expliquer ce fait ou par
un principe immatériel ou par un principe matériel.

Mais les positivistes écartent l'hypothèse des causes spirituelles dans l'explication de la pensée et de la volition :
ils expliqueront ces faits par un principe matériel. Le matérialisme est donc
la conséquence rigoureuse, inévitable
des principes qu'ils ont posés. Et qui ne
voit l'abîme qui sépare une telle doctrine des affirmations religieuses de
M. Guizot ?

Ce n'est pas à l'école positiviste, c'est
à l'école traditionaliste qu'il faut demander les principes de la théorie émise
et soutenue par notre éminent historien.

Le positiviste interdit à l'homme l'entrée du monde invisible et laisse dans une impénétrable obscurité son berceau et sa tombe : impuissance absolue de la raison, impossibilité du surnaturel et folie de l'acte de foi, tels sont les articles de son symbole et les principes de sa philosophie. M. Guizot fait briller sur ce berceau et cette tombe la lumière de la foi et en éclairant les deux grands problèmes de l'origine et des destinées humaines. Par cette simple affirmation il se sépare encore de l'école positiviste. Il enseigne que la raison s'égare infailliblement quand elle prétend répondre aux questions qui s'élèvent dans notre conscience sur Dieu et l'âme humaine. Avec Huet, Lamennais, Bautain et l'école traditionaliste il espère convaincre la raison d'impuissance par l'histoire des contradictions douloureuses des plus grands philosophes. Mais convaincu qu'il faut à l'homme une lumière et qu'en fait, le monde invisible n'est pas seulement pour nous un grand mystère, mais que nous en connaissons quelques secrets, et que nous en recevons de lointaines, mais réelles révélations, il explique par la foi cette connaissance de l'invisible. « C'est par l'ouïe, dit M. Bautain, par la parole et par la foi en la parole que la raison apprend l'existence d'un monde supérieur au monde sensible(1). »

(1) *Philos. du christ.*, 13ᵉ lettre.

M. Guizot développe la même idée dans un magnifique langage : « Quand le genre humain s'est développé et dispersé, la révélation primitive ne l'a point abandonné; elle l'a partout accompagné comme une révélation générale et permanente. La lumière qui avait éclairé le premier homme s'est répandue sur tous les peuples et dans tous les siècles, transformée en notions universelles et incontestées, en instincts spontanés et indestructibles (1). »

Voilà donc les mêmes principes et les mêmes conclusions soutenus par ces deux philosophes. De part et d'autre c'est la proclamation de l'impuissance de la raison et de la nécessité de la foi.

Suivons, maintenant, M. Janet sur le terrain théologique dans sa réfutation du dogme du péché originel. M. Janet a mal compris ce dogme, il fait l'Eglise catholique responsable d'une opinion qu'elle n'a jamais défendue. L'éminent philosophe que nous combattons a trop d'élévation dans l'intelligence et d'impartialité dans sa raison pour ne pas reconnaître son erreur et ne pas regretter d'avoir infligé à l'Eglise dont il est l'enfant le violent reproche que nous reproduisons.

(1) Guizot, cinquième méd., p. 146.

III

« Je comprends le silence, dit M. Janet, l'humiliation de l'esprit et de l'âme devant des problèmes insondables. Je comprends l'impérieux besoin d'espérer et de croire, acceptant l'impossible, pour ne pas dire plus ; mais nous présenter cet impossible comme la lumière, c'est nous demander plus que ne peut accorder un esprit libre, qui n'a aucun goût malsain pour la révolte, qui ne peut cependant, sans abdiquer, renoncer à tous les droits de la conscience et du bon sens. »

Quoi ! c'est en renonçant au bon sens que l'Eglise catholique impose à ses enfants la croyance à la chute originelle et aux clartés que ce dogme projette autour de lui ? C'est en renonçant au bon sens que, depuis dix-huit siècles, les plus grands théologiens et les plus grands philosophes, étonnés au spectacle des désordres qui, de la liberté humaine, retentissent dans la création, ont essayé de les expliquer par une déchéance héréditaire ? C'est en renonçant au bon sens que de grands historiens, des économistes célèbres, ont cru voir la justice divine poursuivant dans l'histoire des nations le châtiment d'un crime et l'expiation d'une grande faute ? Et ces théologiens, ces philosophes, s'appellent saint Augustin, saint Thomas-d'Aquin, Bossuet, Leibniz. Qu'ils se soient trompés, cela est possible, et leurs affirmations méritent bien l'honneur d'une discussion. Mais qu'ils aient abdiqué et renoncé au bon sens, voici ce que nous n'accorderons jamais.

« Quant à cette justice, dit encore M. Janet, qui punit les innocents pour les coupables et qui déclare coupable celui qui n'a pas encore agi, c'est la *vendetta* barbare, ce n'est pas la justice des hommes éclairés. Elle n'est pas au-dessus de mon idée de justice, elle est au-dessous. Sur ce point, soyez-en sûrs, nous avons aussi une foi, une foi aussi ferme que la vôtre. »

Admettons, par hypothèse, la définition du péché originel, dans le sens accepté par M. Guizot, que répondra M. Janet à l'athée qui lui tiendra ce raisonnement : Vous reconnaissez que « la « transmission du mal physique du père « aux enfants est un des scandales qui « révoltent le plus le cœur humain, « l'un de ceux qui suscitent le plus de « doutes, et les doutes les plus amers, « les plus douloureux. »

« Or, ce fait répugne essentiellement à la justice de Dieu, qui n'a pas le droit de punir un enfant innocent pour un père coupable ; à sa bonté qui répugne à faire souffrir le chef-d'œuvre de ses mains ; à sa sagesse qui ne peut distribuer la souffrance en aveugle et faire peser sur quelques victimes des châtiments qu'elle épargne à d'autres d'une même nature et souvent plus coupables qu'eux. Un Dieu sans bonté, sans sagesse et sans justice n'est pas un Dieu. Je ne peux pas contester l'existence du mal ; je ne peux pas le concilier avec les attributs divins. Entre la froide affirmation de la raison de quelques philosophes et le cri universel de la conscience humaine, j'écarte la philosophie qui affirme Dieu, et j'en crois à mon cœur qui nie son existence ; le cœur est la raison du genre humain. »

Si l'on n'admet pas que le mal est l'effet des lois de la nature et le résultat inévitable de l'action libre des causes secondes ; si l'on persiste à lui donner le caractère d'un châtiment et d'une pénalité , telle est l'alternative imposée à l'homme : ou la négation de Dieu, ou l'hérédité de la faute. Et si l'on prétend que la transmission de la faute originelle est une hypothèse cruelle et inadmissible , il faut s'arrêter à la négation de Dieu.

Vous pourrez, sans doute, vous aussi opposer à la thèse théologique du péché originel les protestations de la conscience et les attributs divins ; mais vous n'aurez pas résolu le problème et expliqué le mal. Le dernier mot de la controverse sur les lèvres du philosophe et du théologien, sera la foi au mystère ou la négation de Dieu.

IV

Mais ce qui révolte davantage M. Janet, ce **sont** les contradictions qu'il croit remarquer dans la doctrine chrétienne du péché originel : « Si la responsabilité dépend de la liberté, comment puis-je être responsable d'une action que non-seulement je n'ai pas faite librement, mais que je n'ai même pas faite du tout ?

« A moins d'admettre ou la préexistence des âmes ou une sorte de panthéisme humanitaire, comment comprendre cette expression théologique, que tous les hommes ont péché en Adam ? Si je puis être responsable d'un péché qui m'est transmis par une action à laquelle je ne puis avoir volontairement contribué, car je n'ai pas contribué à ma naissance, pourquoi ne serais-je pas responsable, selon les idées des matérialistes, des fatalités de mon cerveau, et des impulsions maladives de mon organisation ? C'est de part et d'autre remplacer la responsabilité morale par la responsabilité physique ; c'est de part et d'autre le règne de la fatalité. »

J'avoue que je ne saisis pas de res-
semblance entre le fatalisme matérialiste et le fatalisme théologique attribué
aux chrétiens. Il y a trois éléments dans
l'acte extérieur du matérialiste : un motif efficace qui agit fatalement sur la détermination, une détermination fatalement suivie d'un effet extérieur ; l'effet,
la détermination et le motif sont le résultat de la fatalité. Si l'Eglise catholique enseignait, qu'en naissant chaque
enfant se rend coupable d'un péché
originel, je comprendrais l'argumentation de M. Janet et l'analogie qui lui
sert de fondement. Dans les deux cas
l'observation nous ferait découvrir un
acte enchaîné nécessairement à une ré-
solution, liée elle aussi, fatalement, à des
motifs impérieux. Mais, dans cette hypothèse le nombre de péchés originels
serait égal à la quantité d'hommes dont
la terre est peuplée : on les compterait
par milliers. L'Eglise a constamment enseigné par ses Conciles , ses Papes ,
ses docteurs et ses théologiens qu'il n'y
a qu'un seul péché originel, le péché
commis par Adam, elle n'a jamais im-
puté à l'enfant un péché actuel, une
prévarication dont la supposition serait
en contradiction flagrante avec la condition de ses facultés. Et c'est elle, c'est
l'Eglise qui a maintenu intactes les
grandes idées de responsabilité morale
et de liberté, quand elle a condamné

Jansénius pour avoir enseigné que l'homme est responsable d'une action, faite sous l'empire d'une irrésistible nécessité.

Quel est donc le sens de cette expression théologique : Nous avons péché en Adam ?

Saint Thomas d'Aquin, Cajétan et les plus grands théologiens distinguent l'acte de l'état dans la notion de péché. Être en état péché, disent-ils, c'est ne pas parvenir à sa fin. Or, dans les desseins de Dieu l'homme et avec lui toute sa race devaient être enrichis de dons surnaturels. Adam a péché : par cet acte il a été dépouillé de ces dons, et nous naissons de lui dans l'indigence surnaturelle. Ainsi nous affirmons dans Adam un acte mauvais et un état de dépouillement ; et dans sa race un état de dépouillement qui se rattache par la solidarité du sang et de l'âme au premier père de la race humaine : et c'est pour expliquer cette solidarité, que les théologiens ont dit que tout homme a péché avec Adam. Mais l'Eglise n'a jamais enseigné que nous eussions coopéré à la faute Adamique et commis en naissant une faute originelle (1) ! Une telle af-

(1) Hinc frequentius cum S. Thoma admonuimus, peccatum originale *non esse actionem quamdam*, quæ maxime spectat ad personam ; sed esse *privationem rectitudinis et sanctitatis.*
(De Rubeïs, cap. LXVI.)
Si autem consideretur iste defectus... se-

firmation serait en contradiction avec l'enseignement des plus grands théologiens, dont le savant de Rubeïs invoque l'imposant témoignage.

Comment l'aurais-je fait, si je n'étais pas né?

Si M. Janet accepte le rôle de l'agneau, nous n'acceptons pas celui du loup. L'Eglise ne l'a jamais accusé d'avoir péché sans le savoir, et elle ne mérite de la part de M. Janet

Ni cet excès d'honneur, ni cette indignité.

Longtemps avant M. Janet, Bayle avait dit : « Il est évident qu'une créature qui n'existe pas ne saurait être complice d'une action mauvaise. » Longtemps avant Bayle, les Pélagiens, vingt fois réfutés par saint Augustin, avaient opposé cet argument aux théologiens catholiques. Identique au fond, il a été présenté sous toutes les formes par les hérétiques et par les philosophes. M. Ja-

cundum quod iste homo est quædam persona singularis, sic hujusmodi defectus *non potest habere rationem culpæ* : ad cujus rationem requiritur quod sit voluntaria.

(S. Th., *De malo*, quæst. IV, art. 1.)

Patrum Ecclesiæ una vox est, naturam humanam in Adamo in ordinem sublimem gratiæ exaltatam fuisse : gratiam istam a natura sejunctam esse, ac naturæ indebitam : hominemque lapsum erigi per largitionem supernaturalium donorum; quæ primus homo habuit, sibique amisit suisque posteris.

(De Rubeïs, cap. xxxix.)

net ne le rajeunit pas quand il déclare
« qu'à moins d'admettre la préexistence
des âmes, ou une sorte de panthéisme
humanitaire, on ne peut pas comprendre
cette expression théologique que tous
les hommes ont péché en Adam. »

Voici comment, en nous conformant
à la doctrine des théologiens les plus
illustres, nous professons le dogme du
péché originel, sans blesser ni les attributs de Dieu, ni les droits les plus sa-
crés du cœur humain.

V

Dieu créant l'homme lui donna la
raison, la volonté et le corps.

Il donna pour but à l'activité de sa
raison la vérité, à l'activité de sa volonté le bien, et assigna pour fin à son
corps la soumission à la raison, et la
jouissance des biens de la terre. C'est
ainsi que la vérité devenait le but et
le principe de vie de la raison ; la justice et le bien devaient être l'objet et
l'aliment de la volonté; la nature physique l'objet et l'aliment de ses facultés
physiques. Et de même que la vie physique ou s'affaiblit, ou se développe, selon
que le corps reçoit ou repousse les
éléments de la vie matérielle, la vie intellectuelle et morale devait se déve-

lopper par l'union avec la vérité et le bien.

Mais ces trois vies distinctes et non confondues se réunissent dans l'unité de personne et de responsabilité. L'homme, être moral, et centre de ces trois vies, avait un but suprême à poursuivre et à atteindre : celui qui est toute justice et toute vérité, connaître Dieu, l'aimer, en jouir par les forces naturelles de sa raison et de sa volonté.

Dieu créant l'homme ne pouvait pas lui refuser le secours des facultés naturelles pour atteindre la fin qu'il imposait à sa nature. Et c'est l'harmonie, le rapport de ces facultés naturelles avec cette fin suprême, naturelle aussi, qui constitue l'ordre naturel (1).

Dans cet état, et sans châtiment, l'homme eût été sujet à l'ignorance, à la concupiscence, à la maladie, à la mort. Ce triste et douloureux cortége d'infirmités n'était qu'un effet de sa nature, nécessairement imparfaite et finie.

En effet, Dieu était obligé par sa justice et sa sagesse à donner à la raison humaine le moyen de connaître la vérité naturelle parce que cette connaissance était imposée à l'homme. Il de-

(1) Duplex cognitio Dei : altera naturalis, altera supernaturalis : duplex Dei amor naturalis et supernaturalis : duplex Beatitudo juxta duplicem cognitionis Dei ejusque dilectionis modum.　　　　(De Rubeïs, 139, 151, 154).

vait donc le préserver d'une invincible ignorance de sa fin, c'est-à-dire de la vérité : mais l'obligation de Dieu envers la raison humaine s'arrêtait là. Dans le dessein divin l'âme devait être unie au corps, le corps devait être la condition et l'instrument de la pensée. Mais quelle différence entre la vérité, les essences qui sont spirituelles, intangibles, et le corps qui est matériel et tombe sous les sens ! De cette différence et de ce dessein de Dieu découlait nécessairement la nécessité d'un effort de la raison. contre le corps, dans la recherche de la vérité, et la possibilité de l'erreur dans la mesure de la faiblesse de l'effort. Voilà ce que les théologiens entendent par l'ignorance dans l'homme à l'état de pure nature.

Composé d'un corps et d'une âme, attiré vers Dieu et la vérité par la condition de sa raison, faculté spirituelle ; attiré vers la matière et les plaisirs sensibles par son corps ; doué de facultés naturelles qui, par la distinction et la diversité de leur objet, devaient être en conflit, la concupiscence ou la révolte des sens contre la raison eût été possible, et le devoir de Dieu n'était pas de soustraire l'âme à ces révoltes, mais de lui permettre d'être au-dessus de ses atteintes humiliantes, et d'en triompher par l'énergie de la volonté. Aussi bien que l'ignorance, la concupiscence découlait de la nature de nos facultés et de notre condition terrestre.

Il en est de même de la maladie et de la mort (1). Sans doute, Dieu doit à la nature de l'homme le secours sans lequel il ne pourrait atteindre sa fin. C'est un axiome dans l'école : on ne peut vouloir la fin sans vouloir aussi les moyens de l'atteindre. Mais Dieu ne doit pas autre chose à notre nature : sa justice ne nous doit pas des dons et des priviléges qui élèvent l'homme au-dessus de sa condition.

Notre corps est composé de parties matérielles, et participe aux conditions générales de la vie végétale et minérale. Les éléments matériels du minéral se désagrégent, se détachent de la masse commune, et se dispersent dans l'immensité de la création. Les éléments de notre corps, matériels eux aussi, portent en eux-mêmes le principe de leur dissolution, c'est-à-dire le principe de

______

(1) In statu naturæ puræ possent homines pau ac paterentur ; sed id non erat privatio boni debiti, sed carentia boni non debiti, quam negationem appellant.

(De Rubeis, *Depecc. orig.*, cap. XLIII.)

Statum naturæ puræ, ad divinam potentiam comparatum possibilem nos dicimus : itemque possibiles convenientissimas rationes dari potuisse fatemur, divinæ sapientiæ et bonitati consonas, propter quas puram naturam *cum prædictis ignorantiæ, et concupiscentiæ defectibus condere posset Deus ac sapienter vellet. Id.*, cap. LI.

mort. Si notre corps n'était pas naturellement périssable, il serait inutile de recourir sans cesse à des aliments pour réparer par des forces nouvelles les forces perdues, et entretenir contre les essais de la mort le principe de la vie.

« Dieu, dit un savant théologien, eût pu créer l'homme à l'état de pure nature. C'est l'opinion commune des docteurs catholiques. C'est l'opinion de Scot quand, démontrant qu'il n'y a pas une opposition immédiate entre la coulpe et la grâce, et que l'on peut admettre entre elles un état intermédiaire, il ajoute ces paroles : « Dieu aurait pu « créer l'homme à l'état de pure nature, « sans grâce et sans péché (1). »

Dieu seul est infiniment parfait. Pour créer un monde parfait il eût fallu créer un Dieu — et c'est une contradiction radicale. — Entre l'être infini et l'être fini,

____

(1) Homo revera creari potuit in statu naturæ puræ. Hæc conclusio jam communis est inter doctores catholicos; eamque ratam habet, ac docet subtilis doctor in 2. dist. 22. qu. un. n. 7., ubi demonstrans non esse immediatam oppositionem inter culpam et gratiam, quoniam potuit inter utrumque fieri status medius: ait : Potuit enim aliquis esse in puris naturalibus tam sine gratia, quam culpa. Ergo hæc nullo modo sunt immediatè opposita.
Frassens, Tract. III, disp. 1, ar. I, quæst. 1. Cons. unica.
Macedo collatione in part. Disp. IV, sect. 3.
Tournely, *De grat. Christ.* — Perrone, *De pecc. orig.*, etc.

entre l'ètre parfait et l'être imparfait, il
y a un intervalle incommensurable.
Dieu peut élever ce monde imparfait,
ajouter sans cesse et indéfiniment à sa
nature de nouvelles perfections. C'est le
droit de sa puissance et de sa liberté.
Mais sa créature, si élevée qu'elle soit,
subit les conditions de sa nature, et Dieu
laisse aux causes secondes, aux lois qui
président au développement des êtres,
leur puissance et leur efficacité.

VI

Mais Dieu n'a pas créé l'homme à l'é-
tat de pure nature. Il l'a élevé à un état
incomparablement supérieur à l'état
de pure nature. Il a placé plus haut
l'idéal et le but qu'il devait atteindre et
il a surajouté à ses facultés naturelles
une force en rapport avec la fin plus
haute qui devait être le but de son activité, la vision de l'essence divine. L'ordre surnaturel n'est que l'expression de
ce rapport entre les facultés de l'homme
ennoblies par la grâce et leur fin surnaturelle. En cet état de justice originelle,
selon l'expression de saint Thomas d'A-
quin (1), par un privilége divin, Adam
ne sentait pas les atteintes de nos in-

(1) S. Th., 1, 2. q . cxi, a. 12.

firmités. La persévérance dans cet état de justice était pour Adam et pour sa race la condition indispensable de la perpétuité de cette exemption.

Si Dieu se devait de donner à l'homme des facultés naturelles, à aucun titre il ne devait à l'homme ces dons surnaturels qu'il lui communiqua au moment de sa création.

« La grâce, dit encore saint Thomas d'Aquin, puisqu'elle est donnée gratuitement, exclut tout caractère de chose due. On peut devoir quelque chose à double titre : à titre de mérite, et ceci regarde la personne qui peut, en sa qualité de personne, accomplir des actes méritoires; à titre de condition naturelle : ainsi la nature humaine doit avoir la raison et les autres facultés. A aucun de ces titres, néanmoins, Dieu n'est l'obligé de la nature humaine. Il ne doit qu'à lui-même, à sa sagesse, de donner aux créatures les moyens d'atteindre leur fin. Mais les dons surnaturels ne sont dus d'aucune manière, et voilà pourquoi ils revendiquent spécialement le nom de grâce (1). »

(1) Homini in primordio suæ conditionis fuerat a Deo datum *quoddam auxilium originalis justitiæ*, per quod præservabatur ab omnibus hujusmodi defectibus Quo quidem auxilio privata est tota natura humana propter peccatum primi parentis : ad cujus auxilii privationem consequuntur diversa incommoda ; quæ

Or, Adam, en punition de sa prévarication, a été dépouillé des dons gratuits,
surnaturels qu'il avait reçus de Dieu,
et il a perdu le privilége attaché à ces
dons : l'exemption de la douleur, de l'i-
gnorance et de la concupiscence. En un
mot, il déchoit de l'état surnaturel et
retombe à l'état de pure nature et sujet
aux infirmités qui en sont la conséquence naturelle. Comme lui, nous naissons privés de ces dons, mais sans blessure mortelle dans notre nature, sans
corruption dans notre essence.

« Le péché originel, dit saint An-
selme, n'est dans les enfants que la
privation de la justice qu'ils devaient
avoir et qu'ils ont perdue par désobéis-
sance. »

Selon saint Thomas d'Aquin, le péché
originel est la privation de la justice originelle par laquelle la volonté était soumise à Dieu. «Ce péché n'est que la privation de la justice originelle, » dit
Scot(1). Le cardinal Gotti, ce théologien

diversimodo inveniuntur in diversis, licet habeant æqualem culpam originalis peccati.

S. Th.. q. V, *De malo*, art. col. suiv.

(1) Cum dicimus peccatum originale esse
formaliter privationem originalis justitiæ, non
dicimus privationem secundum omnes suas
partes, sed secundum primam et potissimam ;
ita ut privatio sanctitatis, hoc est gratiæ, et
charitatis originalis homini, dum ex Adamo
nascitur, inhærens, sed peccatum originale
formaliter... Quia vero peccatum originale,
quod contrahimus, non se habet per modum

si savant et si net, ne s'exprime pas autrement qu'eux : « Le péché originel est la privation de la sainteté, c'est-à-dire de la grâce et de la charité originelle du premier homme. Ce péché n'est pas en nous un acte, mais un état. Son idée implique une privation plutôt qu'un élément positif. » Nous pouvons dire avec Bellarmin (1) qu'il y a entre Adam déchu et Adam à l'état de pure nature le même rapport qu'entre un homme nu et un homme dépouillé. La nature humaine n'est pas dans un état pire.

Ainsi, nous repoussons l'explication hérétique du péché originel par les théologiens fatalistes de la réforme.

Nous repoussons et nous condamnons avec l'Eglise les Jansénistes et les faux mystiques qui ont voulu dénaturer l'idée du péché originel, transformer Dieu en exécuteur injuste et impitoyable et faire de l'homme un être essentiellement corrompu et dégradé.

Nous refusons d'écouter Pascal quand

actus, sed habitus seu termini (nec enim eo dicimur peccantes sed peccatores assimilandum est potius peccato habituali Adami consistenti in privatione, quam actuali importanti de formali aliquid positivum.

(Scotti, quæst. VIII, §v, tract. x, p. 684.)

(1) Non magis differt status hominis post lapsam Adæ a statu ejusdem in puris naturalibus, quam distet spoliatus a nudo, neque deterior est humana natura, si culpam originalem detrahas. (Bell., *De gr.*, c. 5, § 13.—Cajetan, *In comm.*, in 1-2, q. 109.)

il dit « que les hommes sont plongés dans les misères de leur aveuglement et de leur concupiscence qui est devenue leur seconde nature (1). »

Nous nous séparons de Leibniz quand il s'imagine expliquer le péché originel par cette hypothèse inacceptable : « Je croirai que les âmes qui seront un jour âmes humaines comme celles des autres espèces, ont été dans les semences et dans les ancêtres jusqu'à Adam, et ont existé par conséquent depuis le commencement des choses, toujours dans une manière de corps organisé (2). »

Mais nous croyons avec saint Thomas d'Aquin et les théologiens les plus autorisés que Dieu a retiré à Adam, en punition de son péché, les dons gratuits qu'il lui avait communiqués et qu'à aucun titre il ne pouvait exiger de Dieu(3), qu'à aucun titre aussi nous n'avons le droit de réclamer.

Nous croyons que la génération nous fait naître avec une nature identique à celle d'Adam. Or, la nature adamique ayant été dépouillée de la justice originelle, nous naissons dépouillés : voilà

(1) Pascal.

(2) *Théod.*, 1re part., 11-91.

(3) Quoniam vero hoc gratis collatum fuerat, ideo juste per ingratitudinem inobedientiæ subtractum est... inde factum est ut natura humana sibi ipsi relinqueretur, et consisteret secundum ordinem suorum principiorum.

(*In sec. sentent. lib.*, Disp. XXXI, art. 1.)

ce que nous appelons péché originel.

M. Janet déclare « que le dogme du péché originel est un dogme barbare. » Nous croyons avoir démontré que la privation de dons gratuits et surnaturels n'est pas barbare et qu'elle n'est pas contraire aux attributs divins. Au nom du droit on réclame une chose due, mais jamais un don gratuit, surnaturel.

Il prétend que nous accusons l'enfant d'être coupable d'un péché qu'il n'a pas commis. Or, nous enseignons qu'il n'y a qu'un seul péché originel ; que la transgression n'est l'œuvre que d'Adam, mais que nous naissons dans la privation des biens surnaturels.

Il déclare que, selon nous, l'enfant aurait été complice d'Adam, et que nous ne pouvons l'expliquer « que par la préexistence des âmes ou un panthéisme humanitaire. » Or, nous enseignons que l'enfant n'est pas complice de la faute adamique, qu'il n'en est pas l'auteur. L'Eglise a condamné cette proposition : « L'homme doit toute sa vie faire pénitence pour le péché originel. »

M. Janet accuse les catholiqes d'expliquer par une hypothèse barbare un fait également barbare, l'existence du mal.

— Or, le dogme de la chute est un fait, et non une hypothèse, un fait juste qui n'outrage ni la nature divine ni la nature humaine. Nous expliquons le mal dans la création par trois grandes raisons : d'abord l'imperfection inévitable de la nature humaine, qui n'est et ne peut pas être infinie et créée ; puis l'effet permanent de la nature dont les lois s'accomplissent et produisent des effets qui réclament pour être suspendus une intervention extraordinaire et miraculeuse de Dieu ; enfin, la volonté souverainement sage de Dieu qui transforme en épreuves méritoires les douleurs de la vie et les infirmités dont la nature humaine est frappée.

Écoutons saint Thomas d'Aquin : « La nature du corps de l'homme ayant été dépouillée de la justice originelle a été laissée à elle-même, à ses lois. Aussi, quoique le péché originel soit le même en tous les hommes, la diversité des tempéraments explique l'inégalité des infirmités dont les corps sont atteints (1). »

« Il arrive souvent qu'on éprouve un petit mal pour un grand bien ;... ainsi pour le salut de l'âme et la glorification

(1) Remota originali justitia, natura corporis humani relicta est sibi, et secundum hoc, secundum diversitatem naturalis complexionis quorumdam corpora pluribus defectibus subjacent, quorumdam vero paucioribus, quamvis existente peccato originali æquali... Tale detrimentum non est simpliciter malum hominis, sed secundum quid, unde non habet simpliciter rationem pœnæ sed medicinæ.

(1ª 2æ q. LXXXV, a. v — LXXXVII, a. vii.)

de Dieu : dans ce cas, le mal est un remède ; il n'est pas un châtiment.»

L'Eglise, avec ce ferme et divin bon sens qui ne la quitte jamais, a condamné la cinquante-cinquième proposition de Baïus ainsi conçue : « Dieu n'aurait pas pu créer l'homme daus l'état où il naît aujourd'hui.»

L'Eglise a toujours respecté la liberté légitime de l'intelligence humaine. Elle a laissé les théologiens demander à la chute originelle l'explication des cruelles blessures de notre âme et des désordres qui semblent troubler l'harmonie générale de la création. Elle permet au philosophe catholique de justifier sa foi au dogme de la chute par ce désordre et par ces blessures. Si d'autres théologiens peu satisfaits de ces preuves peu solides, au lieu de regarder à l'origine du monde, arrêtent leurs yeux sur la vie future et demandent à l'immortalité qui nous est promise et à la gloire qui nous attend, la justification de nos souffrances, l'Eglise respecte aussi leur opinion. Mais ni les uns ni les autres n'ont reçu de Dieu le privilége de l'infaillibilité. Les siècles se succèdent et les générations se suivent, agitées de désirs et d'aspirations qui varient sans cesse. Dans le même siècle et dans le même pays, qu'elle variété de mœurs, d'esprit! Aussi l'Eglise ne se hâte jamais de trancher les grands débats qui touchent au mystère, elle

nous laisse choisir, dans l'immense variété des opinions théologiques, celle
qui nous paraît la meilleure pour récon-
cilier notre raison et notre foi.

VII

C'est bien encore la thèse catholique
du péché originel que M. Janet veut réfuter quand il nous reproche d'expliquer la chute par la concupiscence et la
concupiscence par la chute. « Le péché
originel, dit M. Janet, comment eût-il été
possible sans tentation, sans passions,
c'est-à-dire sans vices? C'est l'orgueil,
dit-on, c'est la curiosité indiscrète, c'est
l'esprit de la révolte, c'est la complai-
sance de l'homme pour la femme.
Qu'est-ce que tout cela, si ce n'est la concupiscence? La concupiscence que l'on
considère comme une des conséquences
du péché, en est donc en réalité la source; c'est elle qui l'explique au lieu d'être
expliquée par lui. »

Il n'est pas nécessaire de recourir à
la concupiscence pour expliquer la chute originelle. Il est de l'essence même de la
liberté humaine d'être ou l'instrument du
bien ou l'instrument du mal. « La volonté humaine, dit Gioberti, est une force
qui n'a pas en elle sa propre loi. Toute
force est un principe d'action et doit agir

selon une loi. Quand le principe d'action
et la loi ne font qu'un, l'action est nécessairement droite, conforme à la règle.
Ainsi en est-il en Dieu. Quand la loi et
le principe agissant sont distincts, ce
principe peut ou se conformer à la règle
ou s'en écarter. Il en est ainsi de la volonté humaine » (1).

Saint Thomas d'Aquin avait déjà posé
ce principe avec la fermeté qui caracté-
rise son grand esprit (2).

« Par nature les anges et les hommes
peuvent pécher. S'il y a des créatures
impeccables, ce n'est pas en vertu de leur
nature, c'est par une faveur gratuite.
En effet, le péché est une action qui n'a
pas la rectitude qu'elle devrait avoir. Il

___

(1) Gioberti: La volonta umana è una forza,
che non contiene in sè stessa la sua propria
legge. (*Del buon*, cap. 1.)

(2) Tam angelus quam quæcumque creatura
rationalis si in sua natura consideretur, potest
peccare: et cuicumque creaturæ hoc convenit
ut peccare non possit, hoc habet ex dono gratiæ, non ex conditione naturæ. Cujus ratio est
quia peccare nihil est aliud quam declinare a
rectitudine actus, quam debet habere. Solum
autem illum actum a rectitudine declinare non
contingit, cujus regula est virtus agentis...
Divina autem voluntas sola est regula sui actus... omnis autem voluntas cujuslibet creaturæ, rectitudinem in suo actu non habet...
sic igitur in sola voluntate divina peccatum
esse non potest; in qualibet autem voluntate
creaturæ, potest esse peccatum secundum ordinem suæ naturæ.
(P. 1ᵃ, q. LXIII, art. 1, conclusio.)

faut le définir ainsi, dans les choses naturelles, artificielles et morales. Le seul acte qui ne puisse pas manquer de rectitude est celui qui s'identifie avec la règle. En effet, si la main de l'artisan était la règle selon laquelle il veut couper le bois, il le couperait nécessairement en suivant la ligne droite. Mais si la rectitude dépend d'une règle distincte de la main qui fend le bois, on comprend que la ligne puisse être tantôt droite et tantôt de travers. En Dieu seulement la règle et la volonté s'identifient : et c'est ainsi que le péché répugne à la nature même de Dieu et qu'il ne répugne pas à la nature humaine » (1).

Ce n'est donc pas à la concupiscence mais à la liberté considérée dans sa nature que nous demandons l'explication de la possibilité d'une chute originelle.

Berti, dans son grand ouvrage des *Disciplines théologiques*, expose cette objection que M. Janet emprunte aux Pélagiens : « Eve a désiré manger du fruit défendu, mais ce désir est la concupiscense : la concupiscence a donc précédé la prévarication. » Et le savant théologien répond : « La mauvaise volonté qui détermina Eve à croire aux mensonges du serpent précéda la concupiscence : la mauvaise concupiscence qui l'entraîna à désirer le fruit défendu fut l'effet de la

(1) S. Th , *Sum*., pars I*, q. LXIII, a. 1.

mauvaise volonté(1). » Tel est aussi l'argument que S. Augustin oppose aux Pélagiens.

L'Eglise nous enseigne que Dieu, dans sa libéralité pour le premier homme l'éleva à l'état surnaturel. Il donna pour but à son activité et lui promit en récompense de sa fidélité la vue et la possession de l'essence divine. En cet état d'amitié surnaturelle entre Dieu et l'homme, la volonté humaine soutenue par la **grâce** avait toute facilité pour résister à l'attrait qui l'attirait vers la prévarication. Mais par une libre défaillance de sa volonté Adam a **perdu** l'intégrité de sa nature en même temps que la grâce et l'amitié divine; et la concupiscence délivrée du joug de la grâce, a fait subir à l'homme ses atteintes et entraînée plus facilement la volonté humaine à succomber à la tentation. Ainsi tout s'enchaîne et s'explique sans pétition de principe et sans contradiction. La concupiscence est fille de la chute et la chute ou la transgression a sa racine dans la liberté qui, distincte de sa règle ou de sa loi, peut tantôt s'en rapprocher et tantôt sans écarter.

Après avoir élevé ces objections,

(1) Ultima objectio eliditur respondendo præcessisse in Eva malam voluntatem qua serpenti subdolo crederet, et consecutam malam concupiscentiam, qua cibo inhiaret illicito ; ut scribit sanctus doctor. Lib. IV, *Opera imp.*, cap. 56.

(Berti, *De theolog. discipl.*, lib. 12, cap. xiii.)

M. Janet les résume dans la dernière page de son travail. Ce n'est plus seulement le dogme chrétien du péché originel, c'est la théologie dogmatique, sans réserve et sans restriction qu'il poursuit de ses colères. Il établit la nécessité du divorce entre la philosophie et la théologie, le dogme et la religion. Une philosophie indépendante de la foi, une religion sans dogme et sans principes, voilà l'idéal qu'il poursuit et qu'il indique aux efforts et à la liberté des chrétiens. Pour atteindre ce but il faut dépouiller la religion du surnaturel qui en est l'âme et ne laisser aux dogmes chrétiens que l'autorité poétique ou légendaire d'un symbole et d'une idole trop longtemps adorée. La tâche est rude ; elle n'effraie pas la vaillance de M. Janet.

« Pris à la lettre, le dogme du péché originel est une doctrine barbare... Entendue à la lettre, la doctrine de l'incarnation est une contradiction dans les termes, et Spinosa a pu dire qu'un Dieu fait homme n'est pas plus intelligib e qu'un cercle qui se ferait carré.... Pris à la lettre, le dogme de la Rédemption est inadmissible, car comment n'y a-t-il qu'une partie de l'humanité qui ait é. é rachetée et pourquoi tant de gran i s âmes païennes ont-elles été privées de cette voie de salut, et, si elles ont pu s'en passer, pourquoi n'en serait-il pas de même aujourd'hui? La Trinité prise à la lettre est un dogme dangereux, car, si l'unité de substance est conciliable avec la pluralité des personnes, que répondre au panthéisme, qui prétend précisément que la diversité des personnes ne prouve pas la pluralité des substances?

« Pris à la lettre enfin, le dogme de la grâce lié à celui de la prédestination. est un dogme révoltant, et il nous représente l'idée d'une faveur arbitraire ou d'une condamnation non moins arbitraire, d'un choix qui, précédant les actes et n'étant pas guidé par l'idée de justice, ne se distingue en rien de la fatalité ; c'est aussi une doctrine qui tend à détruire en l'homme toute liberté et toute responsabilité personnelle. »

Si les objections accumulées par M. Janet étaient fondées, il faudrait accuser Dieu de tyrannie, les prêtres de folie et les chrétiens de fanatisme et de superstition. Le catholicisme exigerait de ses enfants l'abdication de la raison, le sacrifice du bon sens. Dieu merci, il n'en est rien, les attaques violentes de la philosophie rationaliste tombent en présence de la vérité catholique : et c'est notre honneur et notre joie, qu'il nous suffise pour la venger de ses ennemis, et la faire au moins respecter, de la faire voir telle qu'elle est, dégagée du faux visage dont ses contradicteurs voilent sa face, dans sa simplicité et sa surnaturelle beauté.

Pris à la lettre le dogme du péché originel est la privation des dons surnaturels, absolument gratuits que personne, ange ou homme, n'avait le droit d'exiger de Dieu. En quoi ce dogme est-il barbare ?

Entendu à la lettre, le dogme de l'Incarnation est l'union de deux natures en une personne. Si nous affirmions avec l'hérétique Eutychès, que la nature est simultanément finie et infinie sous le même rapport, vous pourriez comparer cette contradiction au cercle carré. Mais cette hérésie et cette contradiction n'ont jamais été enseignées dans l'Eglise. Direz-vous qu'il y a contradiction à soutenir que l'homme est esprit par son âme et matière par son corps, et qu'une telle affirmation rappelle cette autre : un cercle est carré ? Non, vous ne le direz pas : parce que vous maintenez la distinction des natures : l'une corporelle et l'autre spirituelle. Or, dans le dogme de l'incarnation nous maintenons la distinction des natures, sans violer l'unité de personne.

Entendu à la lettre le dogme de la rédemption ne provoque pas les révoltes de la conscience morale et n'outrage pas la bonté de Dieu. C'est la doctrine janséniste, ce n'est pas celle de l'Eglise, que le Dieu-Homme n'ait pas versé son sang pour le salut du monde entier, sans exclusion des gentils et des juifs. Il est mort pour tous les hommes; et des deux versants du Calvaire, ceux qui ont vécu avant le Christ et ceux qui vivront après lui peuvent tous voir la croix et trouver dans le sang dont elle est inondée le pardon et la gloire. Mais ils ne peuvent être sauvés qu'en vue des mérites de Jésus-Christ. Ainsi les grandes âmes de l'antiquité païenne qui sont dans l'éternelle gloire n'ont eu cette faveur que par ce sang, et ces mérites de J.-C. Jamais l'Eglise n'a prétendu que leur salut en fût indépendant.

Pris à la lettre le dogme de la grâce est révoltant sur les lèvres des luthériens et des jansénistes dont M. Janet veut rajeunir les objections. Mais, dans cet enseignement froidement tyrannique et sous de tels principes de fer je ne sens pas battre le cœur de l'Eglise et je ne reconnais pas la magnanimité de sa doctrine. Il n'y a ni faveur, ni condamnation arbitraire, ni fatalité dans le dogme de la grâce entendu au sens chrétien. Dieu ne met pas les têtes d'hommes en coupes réglées soit pour le ciel, soit pour l'enfer. Il donne à tous ses enfants des moyens de salut. La liberté humaine peut ou résister ou coopérer à sa grâce. La résistance constitue la faute et provoque la justice et le châtiment. La coopération est l'acte de vertu qui appelle la justice, et mérite, la gloire et la récompense. Où paraît donc la barbarie et la fatalité qu'on impute à l'Eglise (1) ?

Et le dogme de la Trinité est-il la justification du Panthéisme ? accusation gratuite qui tombe en présence de la simple exposition de la doctrine catholique ! En Dieu, disons-nous, il n'y a qu'une essence, parce que cette essence est infinie. Affirmer plusieurs essences divines, c'est affirmer une contradiction, en affirmant l'existence de plusieurs dieux. Nier la pluralité des personnes, c'est nier la réalité de la pensée et de l'amour en Dieu, et enseigner l'existence d'un Dieu qui ne pense pas et ne peut pas aimer. Qu'est-ce, en effet, que la pluralité des personnes en Dieu ? — Il y a en Dieu un être, mais un être qui pense et aime : voilà trois termes, les trois personnes de la Trinité ; et saint Thomas d'Aquin nous apprend que dans la nature divine on entend par personnes *une relation en tant qu'elle est une réalité subsistante* (2). Et

(1) Reconciliari potest liberum hominis arbitrium cum infallibili divinæ prædestinationis certitudine, affirmando eam fieri per decretum præsupponens divinam præscientiam de futura hominis cooperatione.
(Frassens, Tr. II, disp. 11, a. 1, sect II, quæst. vi.)
(2) S. Th., *Relatio ut subsistens*, 1ª p., q. 29, art. 4.

l'on prétend que Bossuet et saint Augustin, quand ils aidaient à notre faiblesse intellectuelle en expliquant par des comparaisons ce dogme capital, ne lui accordaient que la valeur d'un symbole, et que c'est ainsi « *que l'ont bien souvent expliqué les pères, et Bossuet en particulier* ! » Ecoutez Bossuet parlant de ce mystère: « Après la foi, nous osons non-seulement le contempler, mais encore *en voir en nous une image*..... Dieu donc qui pense *substantiellement*, parfaitement, éternellement, et qui ne pense, ni ne peut penser qu'à lui-même, en pensant, connait quelque chose de *substantiel*, de parfait et d'éternel comme lui : c'est là son enfantement, son éternelle et parfaite génération. C'est donc ainsi que Dieu est Père ; c'est ainsi qu'il donne naissance à un Fils qui lui est égal (1). »

Et parlant du Saint-Esprit, ce grand évêque s'exprime avec la même clarté et la même rigueur : « L'amour de Dieu est substantiel comme sa pensée : et le Saint-Esprit, qui sort du Père et du Fils, comme leur amour mutuel, est de même substance que l'un et l'autre, un troisième *consubstantiel*, et avec eux un seul même Dieu. »

Comment pourrait-on soutenir après une exposition si claire et si théologique

______

(1) 5ᵉ Elév.

que Bossuet ne voit qu'un symbole dans la Trinité, et qu'il est un précurseur des rationalistes contemporains ?

Et quant aux Panthéistes, quel rapport pourraient-ils saisir entre leur système et ce grand dogme chrétien ? L'essence de Dieu étant infinie, elle est une ; l'essence de l'homme étant fiinie elle est multiple comme les personnes. Nous démontrons que l'essence de l'homme est finie parce qu'elle n'a pas les caractères d'un Dieu : nous prouvons que l'essence divine est infinie, parce qu'elle a tous les caractères de la divinité.

M. Janet désire la séparation de la raison et de la foi, du dogme et de la morale. Il prétend « que Dieu est venu racheter « des misérables, beaucoup plus que pro- « clamer des dogmes. »

Oui, Dieu est venu racheter des misérables ; mais la liberté humaine a ses racines dans l'intelligence. En relevant la liberté blessée et dégradée, il devait relever l'intelligence abaissée, elle aussi, et plongée dans l'erreur. On relève l'intelligence en lui donnant pour objet et pour but la vérité, la vérité immortelle et immuable comme Dieu, dont elle est le reflet. Mais la vérité immuable, c'est le dogme. Aussi, quand Jésus-Christ fonda son Eglise, avant d'ordonner à ses apôtres de relever les volontés défaillantes et les cœurs chancelants par le baptême de la régénération, il leur dit : « Enseignez les nations! » La doctrine est le fondement de l'Eglise, et par l'infaillibilité qu'il lui a promise, le **Christ** la protége contre les préjugés des faibles, la haine des mauvais, et l'orgueil des faux sages. Séparer le dogme de la morale, c'est séparer la volonté de la raison ; et la volonté sans la raison, comme la philosophie sans la théologie, et la liberté sans l'autorité, prépare les grandes catastrophes et ouvre les abîmes où les peuples disparaissent sans mérite et sans gloire !

IX

Voluntas alterius et actus ejus non potest adeo proprie dici voluntas mea, vel velle meum sicut voluntas mea personalis, et velle meum personale. Omnes autem doctores et sancti catholici tenent et docent tam verbo quam scripto quod peccatum originale in parvulo non est voluntarium voluntate vel actu voluntatis personalis ipsius parvuli, sed solum a voluntate primi hominis.

DURAND, lib. II, *Dist.* xxxi, q. 11, ed. **MDLXIX.**

Mais si la raison peut réfuter les objections des rationalistes contemporains contre le **dogme** de la chute originelle, peut-elle aussi en démontrer l'existence et ne demander à la révélation que la confirmation et le développement de cette vérité?

Si l'on en croit les Luthériens, l'homme est une machine entre les mains de **Dieu,** un être incapable d'agir autrement que sous l'action souveraine et impitoyable d'un maître qui le façonne comme l'artisan façonne le fer et le bois. C'est Dieu qui pousse où il lui plait les méchants et les bons. Sa volonté, toute-puissante, s'empare de l'impie qui la suit et ne peut que la suivre. Il rend les hommes criminels; il les endurcit, il les condamne ensuite, comme s'il se plaisait aux péchés et aux éternels supplices de ces malheureux (1).

Les Calvinistes ne tiennent pas un autre langage; mais leur doctrine a, peut-être, un caractère plus accentué de haine et de malédiction. La volonté est dépouillée de liberté et nécessairement entraînée au mal. Si en la nature de l'homme, quelque perverse et abâtardie qu'elle soit, «il y étincelle encore quelques flammettes, » cette clarté est étouffée par telle et si épaisse obscurité d'intelligence qu'elle ne peut sortir en effet. La nature de l'homme corrompue, qui ne produit rien qui ne soit digne de condamnation, en se perdant et ruinant l'homme, a corrompu tous ses biens. Nous voyons ce qui adviendrait si le Seigneur laissait la cupidité humaine *vaquer* selon ses

(1) Luth., *De servo arbitrio.*

inclinations. « Il n'y a bête enragée qui soit transportée si désordonnément: il n'y a rivière si violente et si raide de laquelle l'exondation soit tant impétueuse (1). »

Les Jansénistes n'ont pas cessé de répéter qu'il est impossible à l'homme déchu de faire le bien. La volonté est esclave du péché, sous le joug de la cupidité et des passions : un attrait invincible la retient enchaînée aux créatures sensibles, dans l'aversion de Dieu. Pour triompher de cet attrait, et obéir à une autre affection, il nous faut un attrait plus puissant, une grâce divine que Dieu accorde quand il lui plaît : jusquelà, nous n'avons pas de liberté (2).

Quand on lit attentivement ces théories fatalistes que l'Eglise a frappées d'anathème, on a le cœur serré, on ne peut se défendre d'un profond sentiment de lassitude et de désolation! L'homme se montre à nous découronné, dépouillé des dons surnaturels qui faisaient son honneur et sa gloire ; corrompu même dans ses facultés naturelles et dans les profondeurs de son essence. Rien, absolument rien, n'échappe en lui à la malédiction et à la vengeance divines, son intelligence est sans raison, sa volonté

(1) Calvin, *Instit. de la relig. chrét.*, p. 161, 175, 771. Edit. de MDLXII.

(2) Jansenius, *De statu naturæ lapsæ*, lib. III, cap. II.

sans vigueur, sa conscience sans règle et sans loi. C'est une masse inerte et maudite qui attend un mot suprême pour être jetée sans merci, sans pitié, dans un feu qui ne s'éteint jamais !

En dehors de ces fatalistes qui nous font voir en nous la dégradation, au-dessus de nous une verge entre les mains d'un Dieu sans pitié, voici des théologiens qui veulent expliquer la chute originelle par les misères de cette vie. La concupiscence, l'ignorance, la mort, leur apparaissent comme un châtiment lié à la faute adamique, et sans elle, inexplicable. Il dépend de cette prévarication non-seulement en ce sens que, sans elle, l'humanité en eût été exempte, mais encore en ce sens que Dieu ne pouvait pas nous créer sujets à de telles infirmités. Race dégradée et déshéritée, éternellement bannis du ciel, malheureux enfants d'un père proscrit, nous naissons dans un état impossible, et inexplicable sans une faute dont nous portons le poids. Arrêtés par ce grand mystère, il nous suffit de répéter avec Bossuet : « Adorons les règles sévères de la justice de Dieu, et acquiesçons en tremblant à la rigoureuse sentence du ciel (1). »

M. Guizot essaie de préciser cette démonstration, par la raison, du péché ori-

____

(1) Bossuet, VIIe Semaine, Ve Elev.

ginel : « Quand on se refuse à voir la source du mal dans la faute et la responsabilité de l'homme placé, ici-bas, dans un lieu et un temps de passage et d'épreuve, voici dans quelle alternative on se trouve placé : ou bien il faut accepter le mal comme naturel, éternel, nécessaire, dans l'avenir aussi bien que dans le passé, comme l'état normal de l'homme et du monde ; c'est-à-dire qu'il faut nier Dieu, la création, la Providence divine, la moralité, la liberté, la responsabilité et l'espérance humaines ; ou bien c'est à Dieu lui-même qu'il faut imputer le mal et en demander raison (1). »

Cette preuve n'a de valeur qu'autant que l'on démontre ces deux assertions : 1. l'état de pure nature est essentiellement contraire à la nature de Dieu et de l'homme ; 2. nous naissons dans un état de dégradation pire que l'état de nature, avec le signe incontestable d'une grande faute et d'un grand châtiment. Nous croyons avoir réfuté la première assertion : discutons la seconde.

X

Dans son beau commentaire sur la *Somme* de saint Thomas d'Aquin,

_____

(1) Guizot, *Deuxième médit. Les dogmes chrétiens.*

André Duval examine si la raison peut
constater l'existence du péché originel.
« Elle ne pourrait la constater, dit ce
grand docteur, que par les défauts de la
nature humaine, et, principalement,
par la révolte en nous des parties inférieures contre les parties supérieures.
Mais cette démonstration n'a aucune
valeur : car on peut expliquer ces défauts
par des causes naturelles : la mort et les
maladies par les quatre qualités qui
sont en conflit, la rébellion par l'inclination de l'appétit sensitif vers les plaisirs sensibles, et par l'appréhension de
l'imagination, qui est plus vive et plus
subtile dans l'homme que dans les animaux, car elle peut atteindre par la
pensée les objets absents, et il ne paraît
pas que les animaux aient un tel pou-
voir. Ainsi, non-seulement cette rébellion ne prouve pas la corruption de
notre nature; mais elle prouve même,
à ne consulter que la raison, son extrême
vivacité et subtilité, et son incontestable
supériorité sur les animaux. Enfin, si
Adam eût été créé et maintenu à l'état
de pure nature, sans grâce et sans péché, alors, comme aujourd'hui, nous
eussions été soumis aux mêmes défauts,
en vertu des éléments qui forment notre
nature, et de la diversité de nos inclinations (1). »

1 Si hoc demonstrari posset maxime ex de-

Bellarmin est aussi formel et aussi précis que Duval. Il déclare non-seulement que Dieu eût pu nous créer sujets à l'ignorance, à la concupiscence, aux maladies, à la mort; mais que la mesure actuelle de nos douleurs n'est pas plus grande qu'elle ne l'eût été à l'état de pure nature :

« L'état de l'homme déchu ne diffère pas plus de l'état de nature pure qu'un homme complétement dépouillé ne diffère d'un homme nu. *Son ignorance et ses infirmités n'eussent pas été moins profondes à l'état de pure nature.* Notre corruption n'est donc pas l'effet de la pri-

fectibus hominis, et præcipuè rebellione partium inferiorum contra superiores : atqui ex his istud demonstrari non potest, quando quidem hi defectus in principia naturalia commode referri possunt, ut mors, et ægritudo in quatuor qualitates sibi invicem repugnantes ; rebellio vero in propensionem appetitus sensitivi erga delectationes corporeas, atque in apprehensionem phantasiæ, quæ in hominibus fortior est et subtilior quam in brutis, cùm in objecta absentia, sola cogitatione apprehensa feratur : quod in brutis non apparet. Unde tantùm abest, ut hæc rebellio arguat naturæ corruptionem, quin potius hærendo in lumine naturæ, arguit eam esse subtilissimam, vivacissimam, et brutorum natura longè superiorem : tum quia si *Adam creatus et conservatus fuisset in puris naturalibus sine gratia et sine peccato, tam bene fuissemus illis defectibus obnoxii, ac nunc sumus* propter compositionem naturæ nostræ et contrarietatem appetitus.

Andr. Duvallius : *Comm. in prim. secund. part. Summ. D. Thom.*, q. 1, art. II.

vation d'un don naturel, ni d'une qualité morbide dont l'âme est affectée ; elle n'est que le résultat de la privation des dons surnaturels causée par la faute d'Adam. Telle est l'opinion générale des docteurs scolastiques anciens et modernes (1). »

Gonet appartient à l'école thomiste. Sans s'écarter de son maître, et en faisant le commentaire des plus grands théologiens, il affirme les conclusions de Bellarmin. Il emprunte aux mêmes comparaisons l'explication de sa pensée, et la justifie par le même argument. L'idée qui se dégage des affirmations de ces grands docteurs, c'est que la nature n'a pas été atteinte par la chute originelle, dans son essence, et qu'en perdant la grâce, l'homme a perdu le privilége de l'intégrité, sans perdre ses forces naturelles et l'énergie qu'il a reçue de l'acte créateur.

(1) Quarè non magis differt status hominis post lapsum a statu ejusdem *in puris naturalibus*, quàm differat spoliatus a nudo, *neque deterior est humana natura*, si culpam naturalem detrahas, *neque magis ignorantia et infirmitate laborat*, quam esset et laboraret in puris naturalibus condita. Proindè corruptio naturæ non ex alicujus doni naturalis carentia, neque ex alicujus malæ qualitatis accessu, sed ex sola doni supernaturalis ob Adæ peccatum amissione profluxit ; quæ sententia communis est doctorum scholasticorum veterum et recentiorum.

Bellarm, *Controv. de gratia primi hom.*, cap. v.

« L'homme à l'état de nature déchue, sans péché actuel, n'est pas plus faible pour faire le bien qu'il ne l'eût été à l'état de pure nature. Dans ces deux états il a les mêmes forces, une égale difficulté pour bien agir, une égale inclination au mal : car dans les deux cas il est privé des dons surnaturels, sollicité par des appétits contraires et troublé par des causes extérieures. De telle sorte que, d'après de grands théologiens, l'homme déchu diffère de l'homme à l'état de pure nature comme un homme dépouillé diffère d'un homme nu. Celui-ci n'aurait jamais eu les dons surnaturels, celui-là en est privé, en punition de la faute originelle. Telle est, parmi les nôtres, l'opinion de Cajetan, de Conrad, de Médina, d'Aravius, de Marcus a Serra, de Gabriel de Saint-Vincent et de Soto. Et parmi les autres, telle est l'opinion de Scot, de Valentia, de Bellarmin, de Suarès et de Curiel (1). »

(1) Homo in statu naturæ lapsæ non habens peccatum actuale, sed tantùm originale, non est debilior ad bonum morale quam esset in statu naturæ puræ... Alii denique docent, hominem in statu naturæ lapsæ *nullo ex modis assignatis esse debiliorem ad bonum morale quam esset in statu naturæ puræ, sed in utroque statu easdem prorsus esse vires, eamdem difficultatem ad bonum, et pronitatem ad malum,* cum in utroque sit donis supernaturalibus destitutus, habeatque contrarietatem appetituum, et varias perturbationes ab extrinseco. Unde in eo

Tous les théologiens que nous venons de citer définissent le péché originel la privation des dons surnaturels. Ainsi la nature humaine est laissée dans son état, dans la condition de son essence, et la raison sans la foi explore en vain notre âme, approfondit en vain nos souvenirs, nos douleurs et nos épreuves pour y découvrir la preuve irrécusable d'une déchéance et d'une prévarication.

Suarès, plus complet dans son analyse et plus précis dans ses affirmations, justifie par des preuves d'une rigueur incontestable la thèse qui nous paraît vraie et que nous soutenons; il écarte, ainsi que l'ont fait les plus grands théologiens, la preuve de la chute originelle que l'on prétend déduire du mal physique, ou de la mort, ou des maladies. Avec son grand esprit il saisit toutes les difficultés que l'on pourrait opposer à une telle démonstration. Il voit aussi que le mal physique est la conséquence

solùm putant hominem lapsum distingui ab homine in puris naturalibus existente, quod iste se haberet ut nudus, ille vero ut nudatus seu spoliatus: nam primus unquam habuisset dona supernaturalia nec exigentiam ipsorum; secundus vero iis in pœnam peccati originalis privatus est. Ita ex nostris docent Cajetanus, Conradus, Medina, Aravius, Marcus a Serra, Gabriel à S. Vincentio, Soto. Ex aliis vero Scotus, Valentia, Bellarminus, Suares et Curiel.

Gonet. *Clyp. Theol. Thomist.*, tom. II, disp. 4, *De stat. natur. lapsæ*, § II.

de notre nature, et que la concupiscence
ou l'attrait qui nous pousse au mal moral pourrait, seul, séduire l'observateur
et faire croire à une déchéance, à une
dégradation. C'est ce fait psychologique
si capital, cette universelle inclination
au mal qu'il faut analyser, et après cette
analyse accuser l'homme ou justifier
le Dieu qui l'a créé.

Suarès souvent diffus, prolixe, est sur
ce point d'une précision et d'une rigueur
remarquables:

« Toute difficulté intérieure pour bien
agir née du péché originel a son principe dans l'une de ces causes : l'i-
gnorance, la concupiscence, la corruption du corps. Mais ces trois infirmités
ne sont pas plus grandes dans l'homme
déchu qu'elles ne l'eussent été dans
l'homme à l'état de nature, bien que
leur cause ne soit pas la même dans les
deux cas. Donc, la difficulté de faire le
bien n'est pas plus grande, elle a seulement une cause différente et un caractère particulier. L'ignorance actuelle
n'est que la privation de la foi, la concupiscence n'est que la privation du secours divin qui réglait et enchaînait
l'appétit sensitif; la mort n'est que l'effet de la nature de notre corps qui, dans
les deux états, eût été formé de parties
hétérogènes, et doué de qualités contraires. Donc aucun de ces chefs ne peut
nous faire conclure qu'il nous soit plus

difficile à l'état déchu qu'à l'état de nature de pratiquer le bien (1). »

XI

Duval, Bellarmin, Gonet, Suarès et les théologiens les plus remarquables par

(1) Omnis difficultas interna benè operandi ex peccato originali suborta, provenit, vel ex ignorantia intellectus, vel ex concupiscentia fomitis, vel ex corporis mortalitate ; sed hæc tria non sunt majora in natura lapsa, quam essent in pura natura, licet diversam originem in hoc statu habeant quam in illo. Ergo nec difficultas bene operandi est major, sed solùm erit ex diversa radice, et sub distincta ratione... Per peccatum originale nulla ignorantia pravæ dispositionis in nos transfunditur, sed sola ignorantia negationis et privationis, quatenus nascimur sine fide... Eamdem ignorantiam haberet homo creatus in puris naturalibus... De concupiscentia idem facile probatur, quia nunc per peccatum originale solùm ablati sunt omnes habitus et omnia Dei auxilia, quibus appetitus sensitivus vel continebatur vel confortabatur : ipsa vero facultas appetitus, sive irascibilis, sive concupiscibilis in se immutata non est, *nec intensior aut remissior facta*...Idem fieri potest discursus de corporis mortalitate, vel passibilitate, quia in utroque statu est eadem compositio corporis humani ex inferiori materia contrariis qualitatibus affecta... Ergo ex nullo istorum capitum potest esse major difficultas, vel minor facultas operandi bonum in statu naturæ lapsæ, quam in puris naturalibus inveniretur.

Suarès, Proleg. IV. *De stat. hum natur.*, cap. VIII, tom. VII.

la sûreté de la doctrine, l'étendue et la profondeur de la science sacrée s'accordent sur ce point capital : la nature humaine n'a pas été altérée, elle a été dépouillée des biens surnaturels. L'homme après la chute reste encore debout, frappé mais non brisé, incapable de pénétrer par le regard l'essence divine et d'en pressentir les grandeurs, incapable de poursuivre et d'atteindre, par les désirs et les actions de sa volonté, l'Etre immuable dans les mystères et les magnificences de sa vie intime, incapable d'arriver à lui par l'élan d'une charité parfaite et d'un amour sans défaillances, justement et violemment repoussé de ce **Paradis** où n'entrent que les prédestinés, préparés par la grâce à la gloire. Dieu ferme devant lui ce monde invisible et surnaturel, où son âme entrait par la foi et l'amour pendant la vie, où il devait entrer et régner sans fin après l'épreuve, s'il eût triomphé de l'imperfection naturelle de sa volonté et des séductions de l'esprit mauvais.

Il reste debout, ainsi dépouillé et appauvri ; mais sa raison peut atteindre la vérité naturelle, sa volonté peut lier la concupiscence, et la brider quand elle essaie de l'arrêter dans son élan vers la justice naturelle, et son cœur bat encore : il peut aimer le Dieu dont il saisit la puissance, dont il conçoit la sagesse, et dont il mesure la bonté à la vue

de l'harmonie et des beautés de la
création. Dieu ne cesse pas d'être
son créateur et sa Providence : au nom
de ces deux attributs il communi-
que à l'homme les facultés qui le font
raisonnable, et le concours sans lequel
il tomberait dans une misère et une abjection dont la profondeur échappe à
celui qui ne peut mesurer ni comprendre la force de la concupiscence et des
passions. Mais jusque dans l'infirmité de
sa chute et sa dure sujétion à l'ignorance, aux maladies, à la concupiscence, à la mort, il conserve une grandeur et une beauté qui permettent de
reconnaître en lui l'œuvre de Dieu.

Si de certains orateurs chrétiens du
haut de la chaire, et des écrivains mystiques dans des livres de piété étalent
aux yeux des fidèles l'abjection de notre
nature et exagèrent la faiblesse de nos
facultés, c'est qu'ils s'adressent à des
croyants, à des chrétiens. Ils savent, ces
chrétiens, que l'homme a été créé dans
l'état de justice et de charité surnaturelles et que, par un privilége attaché à
cet état de grâce et solidaire de sa con-
servation, il était exempt des infirmités
qui pèsent sur nous. En ce sens, nos infirmités ont un caractère particulier, qui
peut expliquer les gémissements de ces
écrivains et de ces orateurs, sans justifier l'intempérance de leur langage et
l'exagération de leurs pensées. Quand

saint Augustin réfute Pélage, et démontre par l'existence du mal la chute
originelle, il a d'abord établi par la révélation que l'homme a été formé, élevé
à l'état surnaturel et surnaturellement
protégé contre les révoltes des sens, et
les atteintes si douloureuses des maladies. Opposée aux rationalistes, cette
démonstration est faible, elle est sans
valeur. Ils ne croient pas à l'état surnaturel dont on affirme l'existence ; ils ne
croient pas à la transfiguration de
l'homme par la grâce ; ils découvrent
en lui assez de beautés pour croire à
Dieu ; autour de lui assez d'obstacles et
de causes naturelles pour expliquer son
imperfection ; au-dessus de lui, dans
la vie future assez de joie, assez de gloire
pour ne pas blasphémer en le voyant
souffrir !

Et ce prétendu souvenir d'une félicité
perdue, vivant dans la conscience de
chaque homme, qui donc l'a découvert ?
qui donc l'a ressenti ? Ce n'est pas un
souvenir amer, mais une immortelle
espérance qui remplit le cœur de l'homme, et l'agite toujours sans le satisfaire
jamais. Non, je ne vois point debout et
vivant en moi le souvenir d'un état
parfait et les traces douloureuses de ma
déchéance. Non, rien dans ma raison ne
répond à mes doutes et ne me fait croire
à un état passé où je possédais sans effort, et dans une large mesure, la vérité

surnaturelle. Non, rien dans ma volonté si rebelle et si fière soit-elle dans les combats qu'elle me fait subir, ne me rappelle un état heureux où elle était soumise à la raison et à Dieu. Rien, absolument rien en moi n'attire mes regards vers un passé plein de joie, et ne provoque mes regrets. Tout homme qui s'interroge et s'étudie avec sang-froid et impartialité constatera ce même silence, et la même absence de souvenir d'un bonheur perdu.

Ce n'est pas au passé, mais à l'avenir de son âme et du monde que les pensées de l'homme s'attachent, et que ses immortelles espérances demandent leur objet. Il ne se souvient pas d'un bonheur perdu. Il se voit, il se sent malheureux, et il veut être heureux. Convaincu que sa destinée, sa vocation est de chercher ce bonheur, il le poursuit ici-bas sans l'atteindre, mais avec une persévérance infatigable, une ardeur que les déceptions ne lasseront jamais.

« Que veut dire cet instinct universel qui, soit dans les rêves de l'imagination, soit dans les scènes intimes de la vie, soit que notre pensée se porte sur le berceau du genre humain ou sur celui de l'enfant, nous fait regarder l'innocence comme l'état primitif et normal de l'homme (1) ? »

(1) Guizot. *Deuxième médit.*, tom. I.

Ce n'est pas le souvenir des joies de l'Eden qui se réveille en nous à la vue de l'enfant, et nous sommes loin de partager l'opinion de cet éminent historien, qui relève dans ce fait une preuve morale en faveur du péché originel. L'innocence et le bonheur nous apparaissent comme un but à poursuivre, une conquête imposée à notre liberté. Si notre cœur s'attendrit au spectacle du premier homme et du berceau du monde, c'est que la foi nous éclaire, et que de siècle en siècle nous entendons l'écho de la parole divine chassant du Paradis l'homme et sa race. Mais la raison sans la foi assiste avec indifférence et sans émotion à ce spectacle de la naissance et du développement de la race humaine. Les attendrissements du cœur à la vue de l'enfant ont leur principe dans les douleurs qui lui sont réservées, les épreuves qu'il devra subir, l'incertitude qui plane sur son avenir, et les mystères de ses lendemains ?

Ainsi, ni le spectacle de l'enfant, ni les rêves et les espérances de ma conscience, ni la vue des misères qui accablent les hommes, rien de tout cela ne peut convaincre la raison de l'existence de la chute originelle. Avec la foi ces preuves prennent un autre caractère : et dans ce cas notre thèse est acceptable pour des chrétiens, mais elle est sans

valeur pour le rationaliste, qui ne croit
pas à la révélation.

XII

Et comment, en effet, pourrait-on
prouver que la blessure faite à l'homme
par la chute originelle l'atteint, lui et sa
race, dans le fond de son être et dans
ses facultés naturelles ?

« Manifestement, dit saint Thomas
d'Aquin, la soumission du corps à
l'âme, et des facultés inférieures à la
raison n'était pas naturelle : car elle eût
persévéré dans l'homme après son péché. C'est ainsi que même après leur
péché les mauvais anges ne perdirent
aucun des dons naturels qu'ils avaient
reçus de Dieu (1). »

Il est incontestable que l'homme n'aurait pu être blessé dans ses facultés naturelles que de deux manières : ou par
la perte de ses facultés, ou par une faiblesse morbide qui en aurait diminué la
vigueur et paralysé l'effort. Que l'homme
n'ait perdu aucune de ses facultés na-

(1) Manifestum est, quod illa subjectio corporis ad animam, et inferiorum virium ad rationem non erat naturalis; alioquin post peccatum mansisset, cùm etiam in dæmonibus data
naturalia post peccatum permanserint. 1ª p.,
q. 95, art. I, corp. art.

turelles, cela ne fait pas question, et l'Eglise a hautement condamné ceux qui osaient soutenir une doctrine d'après laquelle l'homme aurait été mutilé, et cesserait d'être homme. Conçoit-on l'homme, en effet, sans l'intelligence, la sensibilité et l'activité? Le conçoit-on conservant ces facultés à l'état de pure puissance et dans une radicale impossibilité de les mettre en acte, en mouvement?

Il s'agit donc, seulement, de savoir si l'homme est plus faible dans la recherche de la vérité naturelle et l'amour du bien naturel.

Sans doute, si l'on démontrait qu'il existe un rapport nécessaire, une relation absolue entre l'ordre naturel et l'ordre surnaturel; si l'on pouvait démontrer que la connaissance des vérités naturelles dépend de la connaissance des vérités surnaturelles, que l'amour du bien naturel dépend de l'amour du bien surnaturel, on aurait le droit d'affirmer que, par la faute originelle et l'hérédité de ce péché, l'homme a perdu simultanément la grâce, avec les vertus qui en découlent, et les facultés naturelles qui constituent son essence et sa personnalité.

Mais tous les théologiens tombent d'accord sur ce point qu'il n'y a pas de rapport nécessaire entre ces deux états, la corrélation absolue n'existe pas grâce perfectionne la nature, il est vrai, mais elle est gratuite et Dieu peut la retirer : elle n'en dépend pas. Sans elle l'homme est encore en possession des facultés sans lesquelles il cesserait d'être homme. Et s'il n'y a pas de rapport nécessaire entre ces deux états, ne voit-on pas qu'Adam a pu se voir dépouiller des dons surnaturels sans recevoir de blessure et sans être atteint dans ses facultés naturelles, dans sa raison et dans sa liberté ?

On prétend que le péché laisse la volonté dans un état de faiblesse qui rend plus difficile un acte bon, et dans une direction qui rend plus facile un acte mauvais. Si le péché originel était un acte des facultés naturelles de l'homme, on pourrait, peut-être, en inférer cette faiblesse et cette facilité qui diminueraient en nous la puissance naturelle de connaître et d'aimer. Mais il n'en est pas ainsi. Le péché originel est une faute commise dans l'ordre surnaturel. Si notre âme a moins d'énergie pour correspondre à la grâce et une prédisposition incontestable à se rendre infidèle, cette imperfection a pour objet la vérité surnaturelle et le bien surnaturel.

Et d'ailleurs, ne voit-on pas que l'on confond le péché originel et le péché actuel ? Nous savons bien que saint Thomas d'Aquin a dit : « Nous contractons

par les actes humains une inclination
à réitérer ces actes, et une faiblesse qui
nous rend plus difficiles les actes qui
leur sont contraires (1). »

Les théologiens de Salamanque inter-
prètent ce texte et l'expliquent dans un
sens qui n'est pas celui que l'on essaie
généralement de lui donner : leur in-
terprétation est légitime et conforme à
la pensée de saint Thomas d'Aquin.

« Le péché originel, disent ces grands
théologiens, n'implique aucun acte : il
n'est que la privation de la justice originelle, et n'ajoute à l'homme aucun
élément positif qu'il n'eût eu, laissé à sa
propre nature. Aussi, l'on ne comprend
pas qu'il soit un obstacle à notre inclination au bien *ou qu'il la diminue.*

« Il est donc probable que saint Thomas d'Aquin n'entend pas parler, à cet
endroit, du péché originel, mais des péchés actuels. » Et ils reconnaissent que
« l'habitude et la facilité de faire le
mal, en nous comme en Adam, ne sont
pas l'effet du péché originel, mais de nos
péchés actuels (2). »

---

(1) Per actus enim humanos fit quædam inclinatio ad similes actus : oportet autem quod
in hoc quod aliquid inclinatur ad unum con-
trarium diminuatur inclinatio ejus ad aliud.

(2) Major est difficultas circà peccatum originale, quod nulllo modo importat actum,
sed solam privationem originalis justitiæ, nihil
positivum confert homini, *quod ipse naturæ suæ
relictus non haberet: atque ita non apparet, quod*

C'est ainsi que ces savants théologiens confirment la thèse que nous défendons. C'est encore l'analyse psychologique et philosophique de l'acte libre qui fournit les élements de solution du problème que nous avons posé.

Dans Adam, l'acte de prévarication se présente à nous sous deux aspects : c'est un péché originel et un péché actuel. Considéré sous le premier aspect, la volonté est dépouillée de la grâce et de la charité surnaturelles; considéré sous le second aspect, la volonté s'arrête aux biens sensibles, et par cette affection contracte un commencement de faiblesse et d'amour du mal.

Si, en nous, la faute avait ce double caractère ; si elle était actuelle et originelle, on pourrait dire que notre facilité à faire le bien est diminuée de toute l'affection que nous donnons aux biens sensibles, que nous sommes d'autant plus détournés de Dieu que nous som-

apponat immedimentum inclinationi ad bonum, per quod illam diminuat. Quocirca probabile nobis est D. Thomam non tribuere hujusmodi effectum peccato originali, sed solis actualibus. quorum duntaxat. non vero originalis meminit in hoc articulo... Respondetur quod veritas hæc id tantùm docet, quod in ipso Adam per peccata sua, sicuti et in nobis per actualia nostra debilitetur bonum naturæ propter corruptos habitus.

Salmant., tom. IV, LXXXV. p. 602.
Edition de 1670.

mes plus étroitement attachés à la créature, aux biens sensibles.

Mais si dans Adam nous constatons
ces deux états de la volonté, un péché
originel et un péché actuel, il n'en est
pas de même en nous. Dans l'enfant il
n'y a que cette faute originelle désignée
et caractérisée d'après les plus grands
théologiens par ces mots : privation des
dons surnaturels ; il n'y a pas de péché
actuel, d'acte positif, ni d'amour des
biens sensibles, et nous ne voyons pas
que notre volonté soit plus faible
qu'auparavant pour chercher et pratiquer la justice naturelle.

M. Janet affecte de ne pas comprendre
la distinction fondamentale établie par
les théologiens entre l'acte et l'état, entre la propagation d'un état de privation par la génération et l'acte libre
adamique, principe de la responsabilité : « C'est un abîme où toute idée de
justice et de responsabilité va s'englou-
tir..... Si la responsabilité dépend de la
liberté, comment puis-je être responsable d'une action que non-seulement
je n'ai pas faite librement, mais que je
n'ai pas même faite du tout (1) ?»

Qu'il nous soit permis d'opposer à
cette objection quelques paroles d'un
théologien contemporain : « Nous de-
vons éviter de contredire, dit M. l'abbé

_____

(1) *Philos. et Relig.*, p. 364.

Guitton, par un système équivoque et embrouillé la théorie simple et rationnelle *des grands théologiens de l'école.* Il doit y avoir proportion, disent-ils, entre le péché originel et sa peine ; *or ce péché ne provient point de la perversion de notre volonté,* mais de la perte que nous avons faite de la grâce originelle en Adam notre chef : il doit donc être puni par la soustraction des avantages attachés à cette grâce, et non par les châtiments dus à un crime personnel. C'est, poursuivent ces théologiens, empruntant une comparaison au droit du moyen âge, comme si le roi donne à un chevalier un fief héréditaire : le feudataire se rend coupable et est dépouillé ; le bénéfice est perdu pour lui et pour les siens. Adam fidèle eût transmis la justice avec la vie, et cette justice eût écarté les misères présentes : dépouillé il transmet la vie sans la justice, et la nature suit ses lois (1). »

Tel est l'enseignement des théologiens les plus autorisés dans l'Eglise catholique. Ils ne font pas peser sur nous la responsabilité de la faute adamique comme d'une faute qui nous soit personnelle : car les enfants morts sans baptême ne souffrent pas dans leur nature et ne sont pas châtiés dans leurs facul-

(1) *L'homme relevé de sa chute,* par M. Guitton, vic. gén. de Rennes, t. II, p. 221.

tés naturelles ; mais il y a solidarité entre Adam et nous. Au nom de cette solidarité, nous naissons dans l'indigence où il tomba par son péché. La justice divine nous retire des priviléges gratuits, et nous dépouille des dons surnaturels.

C'est pour nous faire comprendre par des faits analogues cette universelle déchéance que les théologiens la comparent à l'hérédité du mal physique et moral. Il est des maladies qui se perpétuent dans une famille de génération en génération : et souvent les descendants éloignés d'un ancêtre coupable d'un grand crime, honteux de porter son nom, demandent aux lois humaines l'honneur d'un nom nouveau. M. Janet proteste avec colère contre cet exemple et la vérité de cette analogie. Il s'indigne contre M. Guizot qui ne craint pas d'y recourir et les théologiens qui l'invoquent pour l'explication du dogme de la chute. Il persiste à confondre la solidarité et la responsabilité. Et cependant l'analogie est frappante, et l'exemple n'est pas trop mal choisi. Voilà un homme coupable, frappé de maladies qui découlent de ses fautes répétées ; des enfants naissent de lui ; ils héritent du mal en vertu de la solidarité qui les rattache à leur père. Ainsi, dans l'ordre moral et surnaturel, nous assistons à la chute personnelle et libre d'Adam, à la privation des dons surnaturels qui en est le châtiment et la conséquence ; des enfants naissent de lui : en vertu de la solidarité établie par Dieu entre Adam et toute sa race, ces enfants naissent dans l'état de leur père, comme lui déchus et dépouillés de leur vêtement de gloire ! Ecoutons un profond penseur dont les écrits font autorité dans l'école :

Durand est un savant théologien ; dans un remarquable commentaire sur les *Sentences* théologiques de Pierre Lombard, il explique avec une grande netteté le principe que nous avons émis.

« On ne peut pas dire que la volonté et l'action d'un autre que moi m'appartiennent au même titre que ma volonté personnelle, et une action qui me serait personnelle. Tous les docteurs catholiques affirment et enseignent par parole et par écrit, que le péché originel dans l'enfant n'est pas un acte qui lui soit personnel, mais un effet de la volonté du premier homme (1). »

(1) Voluntas alterius et actus ejus non potest adeo propriè dici voluntas mea, vel velle meum sicut voluntas mea personalis, et velle meum personale ; omnes autem doctores et sancti catholici tenent et docent tam verbo quam scripto quod peccatum originale in parvulo non est voluntarium voluntate vel actu voluntatis personalis ipsius parvuli, sed solùm a voluntate primi hominis

Durand, lib. II, *Dist.* XXXI, q. II.

Dicendum quod in infectione peccati originalis est considerare rationem culpæ et pœ-

Ainsi, d'abord, il n'est pas prouvé
qu'une faute dans l'ordre surnaturel ait
pour effet nécessaire de diminuer la
puissance de mes facultés dans l'ordre
naturel; puis, ce fait fût-il établi, il n'en
serait pas moins certain que le péché originel n'étant pas un acte, mais une privation, la volonté ne sent pas diminuer
son amour de la justice naturelle, et sa
puissance pour la pratiquer.

Et si tous les théologiens reconnaissent que le péché originel est l'œuvre
de la nature humaine (*natura peccavit*),
c'est dans la nature humaine, et non
dans telle ou telle faculté que nous de-
vons discerner l'effet de la justice et du
châtiment de Dieu : la raison, la volonté, le corps de l'homme doivent porter les traces d'égales meurtrissures;
l'étendue et l'intensité de la douleur
physique, intellectuelle et morale doivent être égales en nous; chacune de ces
douleurs doit présenter de tels caractères qu'elle implique l'idée de chute
et de châtiment; chacune de ces facultés
doit témoigner avec une égale autorité
en faveur du dogme de la chute origi-

næ: culpæ siquidem rationem habet, *in quan-
tum ex inordinata voluntate primi parentis* talis
defectus consecutus est.

S. Th. in II, *Dist*. xxxi, q. 11, art. 1.

Dans ces textes si clairs, si décisifs, il n'est
jamais parlé de la volonté de l'enfant, il n'est
question que de la volonté d'Adam, et de son
effet sur la nature humaine et toute sa race.

nelle. L'effet de la privation de la grâce
est le même en toutes nos facultés. J'a-
jouterai que tous les hommes égaux
dans la chute et la responsabilité doivent être égaux dans le châtiment et
l'infirmité.

Qui dira, cependant, que le corps est
plus corrompu après la chute qu'à l'état
de pure nature (1) ? Qui dira que la douleur physique est égale en tous les
hommes? Qui dira que la concupiscence
et la faiblesse de la volonté sont égales
nans tous les enfants ! Et alors, comment expliquer cette inégalité dans le
châtiment et la douleur, le caprice qui
préside à la répartition des dons naturels, l'écrasant fardeau qui pèse sur les
uns et n'accable jamais d'autres pécheurs, nos égaux, cependant, d'après
la révélation, dans la chute et l'aversion surnaturelle de Dieu ?

Et si, pour répondre à cette objection,
vous considérez la justice originelle
comme un frein qui retenait nos infir-

(1) Corpus per peccatum originale non est
redditum magis corruptibile, nec magis ob-
noxium morbis, lassitudini, et aliis hujus vitæ
incommodis, quam fuisset in statu naturæ
puræ... Illud ipsum quod justitia originalis
faciebat in corpore, proportione servata, præs-
tabat et in anima; corpus enim per justitiam
originalem animæ subdebatur, et anima Deo.
Ergo sicut corpus per destructionem originalis justitiæ fuit suæ naturæ relictum, ità et
anima.

Gonet, Disp. 4, De stat. nat. laps.

mités, *retinaculum virium inferiorum ;*
si vous reconnaissez que la nature est
livrée à ses lois, vous cessez de soutenir
la thèse que nous combattons ; avec
nous vous reconnaissez que les infirmités qui nous accablent ne portent pas le
signe évident et incontestable de la déchéance originelle, qu'on peut les expliquer par des causes naturelles : ainsi
l'action des lois naturelles, les limites
et l'imperfection de toute créature, les
épreuves que Dieu nous fait subir, l'extraordinaire influence des milieux où s'é-
coule notre vie, milieux ou chastes ou
corrompus, ou lumineux ou ténébreux,
et qui concourent à expliquer l'état in-
tellectuel et moral de la plupart d'entre
nous. Si l'on veut convaincre un rationaliste de la vérité du dogme qui ouvre
le livre de la Bible, il ne suffit pas d'en
appeler à la raison, il faut la lumière
et l'autorité de la foi.

XIII.

Ecoutons encore les théologiens les
plus autorisés dans l'Eglise catholique.
Ils parlent des enfants morts sans baptême ; ils n'admettent pas la possibilité
d'une douleur sensible dans ces créatures frappées cependant, elles aussi, et
dépouillées des biens surnaturels. Pour-

quoi cette impossibilité? « Parce que le péché originel qui les prive de la vision béatifique, laisse intacte leur droiture naturelle, et que la nature n'étant pas atteinte par la faute adamique, ne doit pas souffrir les atteintes du châtiment et de la douleur (1). » Tel est sur ce point l'enseignement de saint Thomas

(1) Parvuli nullum dolorem percipient propter carentiam regni cœlorum. Ità S. Thomas, Scotus, Durandus, in 2, disp. 33; Molina, 1, p. 46, art. 3, disp. 11; Suarès, tom. 2, p. 3, disp. 57; Vasquez, in 1, disp. 134, cap 3. —Et probatur quia peccatum originale, propter quod excluduntur a regno Dei, nihil aliud est quam privatio doni supernaturalis : ergo per se non tollit rectitudinem naturalem, ergo pœna illius peccati non debet esse sensibilis, quæ naturam ipsam lædat, sed debet consistere in sola carentia visionis beatificæ, sine ullo sensibili seu vitali dolore aut cruciatu. Dices : illa carentia visionis non potest esse sine dolore ac tristitia. Triplex solutio est. Prima, Durandi, et quorumdam aliorum, qui dicunt parvulos non adfuturos in judicio, ac proindè non cognituros se propter peccatum privari cœlesti beatitudine... Altera solutio est D. Thomæ qui docet, parvulos quidem comparituros in judicio, non tamen cognituros beatitudinem sanctorum, quam ipsi amiserunt: neque etiam causam propter quam amiserunt. Ratio est quia talis cognitio non potest haberi per solas vires naturales, sed per revelationem et fidem supernaturalem. Tertia solutio est aliorum, qui asserunt parvulos et adfuturos in judicio et cognituros omnia quæ ibi fient, non tamen percepturos ullum dolorem de amissa beatitudine, quia partim ex divina providentia, partim ex naturali rectitudine voluntatis ipsorum, futurum est, ut sint omnino

d'Aquin, de Suarès, de Scot, de Durand, de Molina, de Vasquez et d'un grand nombre d'autres.

Nous croyons avec Dominique Soto que la justice originelle était le vêtement nuptial d'Adam et de sa race, et que la justice de Dieu nous en a dépouillés.

Nous croyons avec Cajetan que cette justice suspendait l'effet et l'action des infirmités qui devaient découler de notre nature.

Nous croyons avec saint Thomas d'Aquin et Gonet que cette justice était le frein d'or qui dominait et subjuguait la concupiscence (1).

Nous croyons avec les théologiens de Salamanque qu'à l'état de pure nature et à l'état de nature déchue, la concupiscence eût produit en nous les mêmes effets, provoqué les mêmes résultats (2).

conformes divinæ voluntati, et contenti iis bonis naturalibus, quibus erunt præditi.
Silvius, tom. II, q. XI.

(1) Quæ veluti frenum aureum motus inordinatos appetitus sensitivi in statu innocentiæ coercebat.
Gonet, *De stat. natur. laps*, disp. 40.

(2) Si loquamur de concupiscentia quantùm ad effectus, eosdem haberet tunc, quos nunc habet, quia cum anima et potentiæ carerent omni ea perfectione, quam de facto per peccatum amiserunt, eodem modo propenderent ad bona sensibilia, sicut de facto : et eodem modo judicium rationis anteverteret, et ad malum inclinaret.
Salmantic., tom. IV, tract. XIII. dub. IV, § 11. num. 99.

Nous croyons avec Suarès qu'en nous l'ignorance, la concupiscence, la maladie et la mort eussent été à l'état de nature telles qu'elles sont aujourd'hui, avec cette seule différence qu'elles ont aujourd'hui le caractère d'une peine et d'une privation, parce que, dans le plan divin, nous devions conserver la justice originelle et en être exempts. A l'état de pure nature il n'en eût pas été ainsi.

Et si Dieu eût pu créer l'homme dans l'état où il naît aujourd'hui, sujet à l'ignorance, à la concupiscence, aux maladies, à la mort ; si cette œuvre est encore assez belle dans ses infirmités pour n'être pas indigne de Dieu, et ne pas blesser les exigences les plus légitimes et les plus sacrées de la conscience morale, nous croyons, avec André Duval, le cardinal Gotti et les plus grands théologiens, que le dogme de la chute est une vérité de foi que la raison, seule, ne pourra jamais démontrer.

XIV

On nous opposera, peut-être, un texte de saint Thomas d'Aquin et une parole de saint Paul aux Ephésiens.

« Il est vrai, dit saint Thomas d'Aquin, que le corps humain, composé de parties hétérogènes, doit être sujet à la corruption ; que les choses qui flattent les sens, objet de l'appétit sensible, doivent se trouver quelquefois en opposition avec la raison ; que l'intellect qui ne possède point les connaissances en acte, mais seulement en puissance, et ne les acquiert qu'à l'aide des sens, doit parvenir difficilement à la science du vrai, et s'en laisser facilement détourner par les impressions des objets sensibles. Néanmoins, en partant de l'idée de la Providence divine, qui donne à chaque qualité la perfection convenable, on peut estimer *assez probable* que la partie la plus noble, l'âme, n'a été unie au corps que pour le régir avec un plein empire, et que si le défaut de la nature oppose un obstacle à cette domination, Dieu le ferait disparaître par un don spécial et surnaturel. On peut donc poser d'une manière *assez probable* que les défauts dont nous avons parlé ont le caractère de peines, et en inférer que le genre humain est vicié par quelque péché originel (1). »

(1) Si quis recte consideret, satis probabiliter poterit æstimare divina Providentia supposita quæ singulis perfectionibus congrua perfectibilia coaptavit, quod Deus superiorem naturam inferiori ad hoc conjunxit ut ei dominaretur : et si quod hujus dominii impedimentum ex defectu naturæ contingeret, ejus speciali et supernaturali beneficio tolleretur...

Mais ne voit-on pas que saint Thomas d'Aquin ne présente pas son argument comme une preuve rigoureuse de la chute originelle, mais comme une conjecture, une simple probabilité?

Et le fondement de cette conjecture est-il sérieux? Ne pouvons-nous pas voir dans cet argument une simple raison de convenance dont la valeur est singulièrement diminuée par d'autres considérations de ce grand docteur?

N'enseigne-t-il pas que Dieu eût pu créer l'homme sujet à la concupiscence, que l'intégrité de nature était l'effet d'une grâce divine, que la nature de notre corps explique sa dissolution et la mort, qu'enfin si cette intégrité eût été naturelle à l'homme, il n'en aurait pas été privé après la chute, de même que les anges, après leur péché, ont conservé tous leurs dons naturels?

Or, si l'intégrité de notre nature est une grâce, et s'il n'est pas contraire à la justice, à la sagesse, à la sainteté de Dieu de nous créer sujets aux infirmités qui sont notre partage, comment pourrait-on inférer de ces infirmités mêmes une simple probabilité d'une déchéance et d'un châtiment (1)?

Satis probabiliter probari potest, hujusmodi defectus esse pœnales; et sic colligi potest, humanum genus peccato aliquo originaliter esse infectum.

Contra gent., lib. IV, cap. LII.

(1) Non erat ex natura animæ quod vires sen-

Le moraliste et le théologien qui essaient de prouver par la raison le fait du péché originel se trouvent donc dans cette alternative : ou bien ils exagèrent le mal qui pèse sur le monde afin de fortifier la valeur de leur preuve, et ils sont sous le coup de la condamnation qui a frappé le 74ᵉ article de Baïus : « L'immortalité dans le premier homme n'était pas un bienfait de la grâce, mais sa condition naturelle » (1), ou bien ils reconnaissent que nos infirmités n'ont rien d'absolument incompatible avec la nature de Dieu et les droits de la conscience humaine : et leur preuve n'a plus d'autorité.

Nous ne croyons pas que le mot de saint Paul : « par nature enfants de colère, » soit plus concluant. On détache cette parole; on l'isole du contexte qui l'explique et en détermine le sens.

Saint Paul s'adresse aux Ephésiens. Il

sibiles absque repugnantia rationi subderentur. Non erat ex natura corporis, si ejus componentia considerentur, quod in eo dissolutio, sive quæcumque passio repugnans vitæ locum non haberet... Manifestum est quod illa subjectio corporis ad animam, et inferiorum virium ad rationem non erat naturalis; alioquin post peccatum mansisset, cùm etiam in dæmonibus data naturalia post peccatum permanserint.

S. Th. Iᵃ p., q. 95, art. 1.

(1) Immortalitas primi hominis non erat gratiæ beneficium, sed naturalis conditio. — Baïus, art. 74.

ne parle pas des enfants, mais des adultes : il n'a donc pas en vue dans cette parole le péché originel, mais les péchés actuels ; il reproche aux Ephésiens de n'avoir pas résisté à la concupiscence et leur enseigne que Juifs et gentils, pécheurs les uns et les autres par la victoire de la tentation et des suggestions de l'esprit mauvais, ils sont sauvés par Jésus-Christ ressuscité : car ils étaient morts spirituellement par *leurs péchés, peccatis vestris*, et s'étaient fait une seconde nature qui appelait sur eux la colère de Dieu.

1. Et vous, ô Ephésiens, vous étiez morts par vos délits et vos péchés,

2. Dans lesquels vous avez persévéré, en *cédant* à la vanité du siècle, et au prince de l'air, Satan, qui tente ceux qui sont rebelles à Dieu ;

3. Dans lesquels nous avons persévéré, nous-même, quelque temps, obéissant aux désirs de la chair, soumis aux désirs et aux pensées de la chair, et ainsi nous, comme les autres, nous étions, par cette nature, enfants de colère (1).

____

(1) 1. Et vos, cum essetis mortui delictis et peccatis vestris,

2. In quibus aliquando ambulastis secundum sæculum mundi hujus, secundum principem potestatis aeris hujus, spiritus, qui nunc operatur in filios diffidentiæ,

3. In quibus et nos omnes aliquando conversati sumus in desideriis carnis nostræ, facien-

Saint Paul exprime souvent cette idée, dont l'exactitude est justifiée par les péchés actuels des païens. Il exhorte à la persévérance les nouveaux chrétiens, et leur recommande de ne pas imiter les Gentils, qui obéissent à la cupidité, à la vanité, à la sensualité, dont l'esprit est plein de ténèbres, et qui sont prêts à commettre les crimes les plus honteux, *avec un profond mépris du remords* (1).

Voilà le vieil homme pervers, par l'abus de la liberté. Chacun des chrétiens doit être un homme nouveau, c'est-à-dire conserver la justice et la sainteté, perdue en Adam, recouvrée en Jésus-Christ (2).

Et cette vieille nature ils l'ont dépouillée au jour de leur baptême en renonçant à leurs iniquités passées (3).

Il est évident que dans ces textes saint Paul n'entend pas énumérer les effets immédiats du péché originel, mais confirmer les chrétiens dans la foi, en opposant au tableau des gentils plongés dans le mal le tableau des chrétiens justifiés par la grâce, établis dans la justice surnaturelle et la charité.

tes voluntatem carnis et cogitationem ; et eramus natura filii iræ, sicut et cæteri.

Ep. ad Ephes., cap. 2.

(1) *Epist. ad Eph.*, cap. 4 ; *ad Coloss.*, cap. 2, etc.

(2) *Ad Eph.*, c. 4.

(3) Συνταφέντες αὐτῷ ἐν τῷ βαπτίσματι ... καὶ ὑμᾶς νεκροὺς ὄντας ἐν τοῖς παραπτώμασι. (Πρὸς Κολοσσ., κεφ. Α'.)

Et si l'on prétendait qu'il n'en est pas ainsi, qu'il s'agit bien, aux textes cités, des effets du péché originel, que répondre aux Jansénistes, aux Calvinistes, aux Luthériens qui prennent à la lettre ces dures paroles et justifient par elles leur fatalisme, leur doctrine désespérante sur la dégradation de l'homme et la corruption de la nature, atteinte, frappée, maudite en ses dernières profondeurs (1) ?

Et comment concilier cette doctrine avec les belles paroles du deuxième chapitre de l'Epître aux Romains. Là, saint Paul leur dit qu'ils ont la loi naturelle gravée dans leur conscience, qu'ils peuvent l'observer ou l'enfreindre, et que, sur cette loi, Dieu jugera toutes leurs actions.

Dans le premier chapitre il les menace

---

(1) Leurs pieds sont légers à épandre le sang, leurs mains souillées de rapines et d'homicides, leurs gosiers semblables à sépulcres ouverts, langues cauteleuses, lèvres venimeuses, œuvres inutiles, iniques, pourries, mortelles : leur cœur est sans Dieu ; ils n'ont au dedans que malice, leurs yeux sont à faire embûches, leurs cœurs élevés à outrages : en somme toutes leurs parties apprêtées à mal faire. Si une chacune âme est sujette à tous ces monstres de vices, comme *l'apôtre prononce hardiment*, nous voyons que c'est qui adviendrait, si le Seigneur laissait la cupidité humaine vaguer selon son inclination.

Calv. *Inst. de la Rel. chrét.*, p. 175. Edit. MDLXII.

de la colère de Dieu parce qu'ils ont retenu la vérité captive, et refusé, les idolâtres! d'adorer le Dieu dont ils connaissaient l'éternelle vertu et l'éternelle divinité par les beautés de la création (1).

Le Concile de Trente ne s'écarte pas de l'enseignement de saint Paul et n'ébranle pas notre thèse quand il déclare que l'homme a été blessé dans ses facultés naturelles (*vulneratus in naturalibus*).

Adam fut créé à l'état de justice originelle. En vertu de son innocence native et de cette justice, il était exempt de l'ignorance, de la concupiscence, des

___

(1) 18. Revelatur enim ira Dei de cœlo super omnem impietatem et injustitiam hominum eorum, qui veritatem Dei in injustitia detinent.

19. Quia quod notum est Dei, manifestum est in illis. Deus enim illis manifestavit.

20. Invisibilia enim ipsius a creatura mundi per ea quæ facta sunt intellecta conspiciuntur : sempiterna quoque ejus virtus et divinitas : ità ut sint inexcusabiles.

Ad Rom., cap. I.

14. Quum enim gentes quæ legem non habent, *naturaliter ea quæ legis sunt faciunt,*... ipsi sibi sunt lex.

15. Qui ostendunt opus legis scriptum in cordibus suis, testimonium reddente illis conscientia ipsorum, et inter se invicem cogitationibus accusantibus, aut etiam defendentibus.

Ad Rom., cap. II.

maladies et de la mort : en un mot, la nature suspendait ses lois; il était à l'abri du mal.

Adam a péché : la nature suit ses lois; le mal atteint son corps : le frein qui retenait les maux naturels est enlevé par Dieu. C'est par une comparaison de l'homme déchu avec l'homme innocent que le Concile déclare que l'homme est blessé dans ses facultés naturelles.

D'autres théologiens, avec saint Thomas, Suarès et Gonet, donnent à cette parole une autre signification. A l'état déchu, disent-ils, l'homme a moins d'énergie dans ses facultés pour aimer Dieu d'un amour même naturel; à l'état d'innocence il pouvait se faire que la grâce, en perfectionnant son âme et lui communiquant la force d'accomplir le bien surnaturel, agissait même sur ses facultés naturelles et les embellissait en les rendant plus vigoureuses pour le bien. En perdant la grâce, il a perdu cet effet salutaire et la vigueur qui en découlait.

De ces deux opinions, également libres dans l'Eglise, nous choisissons la première. Mais dans l'un et l'autre cas, puisque ces théologiens ne parlent que de l'homme innocent, il reste évident qu'à ne considérer que les facultés naturelles de l'homme à l'état déchu et à l'état de nature pure, il a une égale énergie et reçoit de la Providence divine un égal secours (1). Et puisque Dieu eût pu nous créer à l'état de pure nature, il n'est pas possible de conclure le dogme de la chute originelle des imperfections et des misères si profondes que nous découvrons en nous et autour de nous.

XV

N'imitons pas les Luthériens et les Calvinistes qui faisaient de la terre un enfer anticipé, et de l'enfer l'abîme où Dieu jetait par caprice et sans justice des victimes sans liberté. N'imitons pas les Jansénistes, adorateurs tremblants et sans amour d'un Dieu sans pitié! Ne suivons pas ces philosophes effrayés ennemis de la raison au nom de la foi, détracteurs opiniâtres des œuvres de la nature et des créations de l'esprit livré aux seules inspirations reçues de Dieu créateur! N'écoutons pas ces esprits sombres et tourmentés qui voient luire

(1) *Tota autem hæc læsio libertatis est per comparationem ad naturam integram, et justitia vestitam,* non vero per comparationem ad naturam puram et nudam. Eamdem enim carentiam perfectionis haberet illa natura in intellectu et voluntate, et eamdem effrenatam concupiscentiam, quam nunc habet lapsa natura.
Suarès, Prol. IV. *De stat hum. nat.* cap. VII.

partout le feu de la colère divine, qui n'entendent de siècle en siècle que l'anathème et la sentence sous laquelle le chef de la race humaine s'inclina, et qui jusque dans les enfants voient des victimes prédestinées à d'ardentes douleurs, s'ils meurent avant d'avoir été régénérés par le baptême du pardon.

Non ! Dieu n'est pas un implacable justicier ! L'Eglise n'est pas le mandataire inexorable d'un Dieu sans entrailles, et la vengeance céleste n'a pas poursuivi l'homme jusqu'à la moelle de ses os. C'est assez qu'il voie au-dessus de sa tête et à l'horizon de ses espérances se fermer la demeure où les élus contemplent l'essence divine ; c'est assez qu'il se voie dépouillé de l'habit virginal et surnaturel qui lui cachait la nudité de sa nature ; c'est assez que les vérités surnaturelles échappent au regard de sa pensée et qu'il soit frappé d'impuissance en présence du bien surnaturel qu'il aurait fait et des hauteurs surnaturelles qu'il eût gravies dans la joie et l'amour ! C'est assez de ces privations légitimes pour abaisser son orgueil et le forcer à s'agenouiller, le front dans la poussière, devant son maître et son Dieu !

Mais jusque dans sa misère il reconnaît l'amour de celui qui l'a frappé. Il sait que sa raison peut s'ouvrir à la vérité et résoudre quelques-uns de ces grands problèmes qui s'imposent à lui et le tourmentent dans le silence de ses réflexions. Il sait que sa liberté n'est pas fatalement l'instrument du mal, et que, détourné du bien surnaturel, il peut poursuivre encore et atteindre, autrement que de ses désirs, cette justice et cet honneur naturel qu'il conçoit et qui ennoblissent sa nature. Il sait qu'il peut aimer le Dieu dont la création lui manifeste l'existence et les attributs, et en s'inclinant sous la justice de la sentence qui l'a dépouillé, en face des infirmités qui stimulent et développent dans le mérite et dans l'honneur sa raison, son amour, sa liberté, il se voit assez grand pour ne pas perdre courage et pour aimer encore celui qui l'a créé.

Et si, oubliant un instant les deux grands bienfaits de l'incarnation et de la rédemption, qui éclairent d'un grand jour le drame de la chute et en tempèrent la rigueur, nous cherchons quelle eût été la destinée d'Adam dépouillé et proscrit, la destinée de sa race, voici notre réponse : l'homme aurait conservé et développé sa raison par la culture et l'étude des sciences profanes et religieuses ; sa volonté soutenue par un secours naturel de la Providence divine, aurait observé les préceptes de la loi de nature et des lois civiles qui en découlent ; son cœur aurait aimé Dieu, et l'amour expansif par sa nature aurait eu sa manifestation dans la prière et le culte. Et s'il eût été fidèle à l'accomplissement des préceptes naturels ; s'il n'eût pas chargé sa conscience de péchés actuels, l'homme, après sa mort, en échange de sa vie terrestre et en récompense de ses vertus, serait entré en possession d'une béatitude naturelle dont Dieu seul a le secret (1).

Voilà l'homme après la chute, le voilà tel qu'il apparaît dans les écrits de ces grands théologiens scolastiques, si hardis dans leurs explorations, si profonds et si rigoureux dans leur enseignement, si larges dans leurs jugements. Il y a de l'air et de la lumière, de la vigueur et de la tendresse dans ces monuments théologiques peu lus, presque jamais approfondis, et néanmoins si riches d'instructions et d'exemples pour les lois de la controverse catholique et la défense des articles de notre foi.

C'est en marchant sur leurs traces, à

(1) Nous sommes heureux d'invoquer en faveur de cette doctrine l'autorité de Suarès : « Licet Deus post prævisum peccatum originale statuisset non redimere homines per Christum... illos relinqueret in hoc mundo tanquam viatores in ordine ad conservationem et propagationem naturæ, et ad comparandam in hoc mundo Dei cognitionem et virtutem, et consequenter ad obtinendum post mortem, saltem in anima separata, aliquem statum naturalem, vel felicem in suo ordine et gradu, vel saltem carentem speciali dolore, et pœna sensus, si nova peccata non committerent. »

Suarès, Prolog. IX, cap. iv, *De natur. laps.*

la lumière de leur enseignement, que nous avons étudié ce difficile et important problème du péché originel. Toutefois, si une opinion trop personnelle et contraire à la vérité théologique est tombée de notre plume et a trahi notre volónté, nous la soumettons au jugement de l'Eglise et nous la désavouons avec l'empressement et la joie d'un chrétien soumis, qui fait son devoir et qui le fait avec amour!

F I N.

PARIS.— IMPRIMÉ CHEZ JULES BONAVENTURE,
55, QUAI DES GRANDS-AUGUSTINS.